CESARE PAVESE

DIE EINSAMEN FRAUEN

CESARE PAVESE

# DIE EINSAMEN FRAUEN

Aus dem Italienischen
von Maja Pflug

Mit einem Nachwort von Maike Albath
und zwei Briefen von Italo Calvino
und Cesare Pavese

claassen

# I

Ich traf beim letzten Januarschnee in Turin ein, wie es den Gauklern und Torroneverkäufern passiert. Als ich in den Bogengängen die Stände und weiß glühenden Gaslampen sah, fiel mir ein, dass Karneval war, aber es war noch nicht dunkel, und auf dem Weg vom Bahnhof zum Hotel spähte ich über die Köpfe der Leute aus den Arkaden hinaus. Die eisige Luft stach mir in die Beine, und müde wie ich war, verweilte ich vor den Schaufenstern, ließ zu, dass die Leute mich anrempelten, und blickte mich um, während ich meinen Pelzmantel enger zusammenzog. Ich dachte, dass die Tage nun schon länger wurden und dass bald die erste Sonne diesen Matsch auflösen und den Frühling eröffnen würde.

So sah ich Turin wieder, im Dämmer der Bogengänge. Als ich das Hotel betrat, träumte ich nur noch von einem heißen Bad, einem Bett und einer langen Nacht. Ohnehin musste ich eine ganze Weile in Turin bleiben.

Ich rief niemanden an, und niemand wusste, dass ich in diesem Hotel absteigen würde. Nicht einmal ein Blumenstrauß erwartete mich. Das Zimmermädchen, das mir das Bad einließ, redete über die Wanne gebeugt auf mich ein, während ich im Zimmer herumging. Das sind Dinge, die ein Mann, ein Zimmerkellner, nie tun würde. Ich sagte ihr, sie könne gehen, ich sei mir selbst genug. Die Hände ausschüttelnd, trat das Mädchen vor mich hin und stotterte irgendetwas. Daraufhin fragte ich sie, woher sie komme. Sie errötete lebhaft und antwortete, sie stamme aus Venetien. »Das hört man«, sagte ich, »und ich bin aus Turin. Würde es dir Freude machen, nach Hause zu fahren?«

Sie nickte mit einem schlauen Blick.

»Dann stell dir vor, dass ich gerade nach Hause komme«, sagte ich. »Verdirb mir die Freude nicht.«

»Entschuldigung«, sagte sie. »Kann ich gehen?«

Als ich allein im lauwarmen Wasser lag, schloss ich verärgert die Augen, weil ich zu viel geredet hatte und es die Mühe nicht lohnte. Je überzeugter ich bin, dass es nichts nützt, viele Worte zu machen, umso häufiger passiert es mir, dass ich rede. Vor allem unter Frauen. Doch die Müdigkeit und das leichte Fieber lösten sich im Wasser bald auf, und ich dachte an das letzte Mal, als ich in Turin gewesen war – während des Krieges –, am Tag nach einem Bombenangriff: Alle Leitungen waren geplatzt, also kein Bad. Dankbar dachte ich: Solange das Leben ein Bad bereithält, lohnt es sich zu leben.

Ein Bad und eine Zigarette. Während ich, die Hand über dem Wasserspiegel, rauchte, verglich ich das Plätschern, das mich einlullte, mit der Hektik der Tage, die ich hinter mir hatte, mit dem Aufruhr so vieler Worte, mit meiner Getriebenheit, mit den Plänen, die ich immer verwirklicht hatte, und doch beschränkten sie sich heute Abend auf diese Badewanne und ihre laue Wärme. War ich ehrgeizig gewesen? Ich sah die ehrgeizigen Gesichter wieder: blasse, gezeichnete, verkrampfte Gesichter – ob es eines gab, das sich in einer stillen Stunde entspannte? Nicht einmal im Sterben ließ diese Qual nach. Mir war, als hätte ich mich nie einen Augenblick gehen lassen. Vielleicht vor zwanzig Jahren, als ich noch ein Kind war, als ich auf der

Straße spielte und mit Herzklopfen auf die Zeit der Konfetti, der Buden und Masken wartete, damals konnte ich mich all dem vielleicht hingeben. Aber in jenen Jahren bedeutete der Karneval für mich nur Karussell, Torrone und Pappnasen. Dann, mit dem unaufhaltsamen Drang herauszukommen, etwas zu sehen, durch Turin zu laufen, mit den ersten Ausflügen in die Gassen zusammen mit Carlotta und den anderen, mit dem Herzklopfen, als wir das erste Mal spürten, dass uns jemand folgte, war es auch mit dieser Unschuld vorbei. Seltsam. Am Abend des Faschingsdonnerstags, als es Papa schlechter ging und er dann starb, weinte ich vor Wut und hasste ihn, weil ich an das Fest dachte, das mir entging. Nur Mama verstand mich an jenem Abend, sie sagte bissig, ich solle verschwinden und mich bei Carlotta im Hof ausheulen. Ich aber weinte, weil die Tatsache, dass Papa im Sterben lag, mich erschreckte und innerlich daran hinderte, mich dem Karneval zu überlassen.

Das Telefon läutete. Ich rührte mich nicht aus der Wanne, weil ich mit meiner Zigarette glücklich war und dachte, dass ich mir wahrscheinlich genau an jenem fernen Abend zum ersten Mal gesagt hatte, wenn ich etwas machen, wenn ich im Leben etwas erreichen wolle, dürfe ich mich an niemanden binden, von niemandem abhängig sein, so wie ich an diesen lästigen Papa gebunden war. Und ich hatte es geschafft, nun bestand mein ganzer Genuss darin, mich in diesem Wasser aufzulösen und nicht ans Telefon zu gehen.

Nach einer Weile läutete es erneut, es klang gereizt. Ich nahm nicht ab, stieg aber aus der Wanne. Langsam trocknete ich mich ab, saß im Bademantel da und schmierte

mir gerade eine Creme rund um den Mund, als es klopfte.
»Wer ist da?«

»Eine Nachricht für die Signora.«

»Ich habe gesagt, ich bin nicht da.«

»Der Herr besteht darauf.«

Ich musste mich erheben und aufschließen. Das freche Ding aus Venetien hielt mir ein Briefchen hin. Ich überflog es und sagte:

»Ich will ihn nicht sehen. Er soll morgen wiederkommen.«

»Kommt die Signora nicht herunter?«

Mit meinem zugekleisterten Gesicht konnte ich ihr nicht einmal eine Grimasse schneiden. »Nein«, sagte ich. »Ich will einen Tee. Sag ihm, morgen Mittag um zwölf.«

Als ich allein war, legte ich den Hörer daneben, aber sofort antwortete die Zentrale. Die Stimme krächzte auf dem Tischchen, hilflos wie ein Fisch auf dem Trockenen. Also rief ich etwas ins Telefon, ich musste sagen, dass ich es war, dass ich schlafen wollte. Man wünschte mir eine gute Nacht.

Eine halbe Stunde später war das Zimmermädchen noch nicht zurück. Das passiert nur in Turin, dachte ich. Dann tat ich etwas, was ich noch nie getan hatte – als wäre ich ein törichtes junges Mädchen. Ich schlüpfte in den Morgenrock und öffnete die Tür einen Spalt.

In dem dezenten Flur drängten sich mehrere Personen vor einer Tür, Kellner, Hotelgäste, mein freches Zimmermädchen. Jemand rief halblaut etwas.

Dann öffnete sich die Tür, und langsam, mit größter Vorsicht, trugen zwei Weißkittel eine Trage heraus. Alle schwiegen und traten beiseite. Auf der Trage lag ein junges Mädchen – aufgedunsenes Gesicht und wirre Haare – in einem Abendkleid aus hellblauem Tüll, ohne Schuhe. Obwohl die Augenlider und die Lippen leblos wirkten, erriet man ein Frätzchen, das geistreich gewesen war. Instinktiv schaute ich unter die Trage, ob Blut heruntertropfte. Ich musterte die Gesichter – es waren die üblichen, jemand schob die Lippen vor, jemand schien zu grinsen. Ich fing den Blick meines Zimmermädchens auf – sie lief hinter der Trage her. Über das gedämpfte Gemurmel der Gruppe (eine händeringende Dame im Pelzmantel war auch dabei) erhob sich die Stimme eines Arztes – sich die Hände trocknend, trat er aus der Tür und erklärte, es sei vorbei, sie sollten aus dem Weg gehen.

Die Trage verschwand die Treppe hinunter, ich hörte rufen: »Mach langsam.« Wieder sah ich nach meinem Zimmermädchen. Sie war schon zu einem Stuhl am Ende des Flurs gelaufen und kehrte mit dem Teetablett zurück.

»Sie hat sich unwohl gefühlt, was für ein Unglück«, sagte sie, als sie zu mir ins Zimmer trat. Doch ihre Augen funkelten, sie konnte sich nicht zurückhalten. Sie erzählte mir alles. Das junge Mädchen war am Morgen ins Hotel gekommen – allein, sie kam von einem Fest, von einem Ball. Sie hatte sich im Zimmer eingeschlossen und sich den ganzen Tag nicht weggerührt. Jemand hatte angerufen, man suchte sie; ein Polizist hatte die Tür geöffnet. Das Mädchen lag auf dem Bett, im Sterben.

»Zu Karneval Gift schlucken, eine Schande!«, fuhr das Zimmermädchen fort. »Dabei ist ihre Familie so reich … Sie haben eine schöne Villa an der Piazza d'Armi. Es ist ein Wunder, wenn sie durchkommt …«

Ich sagte, ich wolle noch mehr Wasser für den Tee. Und sie solle nicht wieder auf der Treppe herumtrödeln.

Aber in dieser Nacht schlief ich nicht, wie ich gehofft hatte, und während ich mich im Bett hin und her wälzte, hätte ich mich ohrfeigen mögen, dass ich die Nase auf den Flur hinausgesteckt hatte.

# II

Am nächsten Tag brachte man mir einen Blumenstrauß, die ersten Narzissen. Ich lächelte und dachte, dass ich in Turin noch nie Blumen bekommen hatte. Doch sie stammten nicht aus Turin. Dieser Dummkopf von Maurizio hatte sie in Auftrag gegeben, er wollte mich wohl bei der Ankunft überraschen. Hat aber nicht geklappt. Das kommt sogar in Rom vor, dachte ich. Ich sah Maurizio nach dem Abschied geknickt über die Via Veneto schlendern und zwischen dem letzten Espresso und dem ersten Aperitif das Fleurop-Formular ausfüllen.

Ich fragte mich, ob das Mädchen von gestern Blumen im Zimmer gehabt hatte. Gibt es Menschen, die sich zum Sterben mit Blumen umgeben? Vielleicht ist es eine Art, sich Mut zu machen. Das Zimmermädchen holte eine Vase, half mir, die Narzissen zu arrangieren, und erzählte mir dabei, in der Zeitung stehe nichts von dem Selbstmordversuch. »Wer weiß, wie viel sie ausgeben, um die Sache zu vertuschen. Man hat sie in eine Privatklinik gebracht. Gestern Abend wurde die Untersuchung eingeleitet. Es muss ein Mann dahinterstecken … Wer ein Mädchen so weit bringt, gehört ins Gefängnis …«

Ich entgegnete, ein Mädchen, das sich die Nacht auf Tanzfesten um die Ohren schlage und dann statt nach Hause ins Hotel gehe, müsse auf sich aufpassen können.

»O ja«, sagte das Zimmermädchen entrüstet, »schuld sind die Mütter. Warum begleiten sie ihre Töchter nicht?«

»Welche Mütter?«, sagte ich. »Diese Mädchen waren immer mit ihren Müttern zusammen, sie sind auf Samt groß geworden, haben die Welt nur hinter Glas gesehen. Wenn es darum geht, allein zurechtzukommen, wissen sie sich nicht zu helfen und geraten an den Falschen.«

Jetzt lachte Mariuccia, als wollte sie sagen, sie komme sehr wohl allein zurecht. Ich schickte sie fort und kleidete mich an. Auf der Straße war es kalt und klar, in der Nacht hatte es auf den Schneematsch geregnet, und nun schien die Sonne durch die Bogengänge. Wie eine neue Stadt wirkte Turin, eine eben fertiggebaute Stadt, und die Leute liefen herum, als wären sie zufällig hier, damit beschäftigt, letzte Hand anzulegen und einander kennenzulernen. Ich schlenderte an den Palazzi vorbei durchs Zentrum und betrachtete die großen Geschäfte, die auf die erste Kundschaft warteten. Keines dieser Schaufenster und Schilder war so bescheiden und vertraut, wie ich es in Erinnerung hatte, die Cafés nicht, die Kassiererinnen nicht, die Gesichter nicht. Nur die schräge Sonne und die tropfende Luft waren gleich geblieben.

Und niemand ging einfach spazieren, alle wirkten beschäftigt. Auf der Straße lebten die Leute nicht, sie hatten es nur eilig. Dabei waren mir diese Straßen im Zentrum früher, wenn ich mit meiner Schachtel unter dem Arm vorbeikam, immer wie das Reich sorgloser Urlauber vorgekommen, so wie ich mir damals die Kurorte vorstellte. Wenn man sich nach etwas sehnt, sieht man es überall. Und alles nur, um zu leiden, um mir Tritte vors Schienbein zu versetzen. Wonach, fragte ich mich, hat sich diese Göre gesehnt, die gestern Veronal geschluckt hat? Ein Mann im

Spiel … Als Mädchen ist man dumm. Mein venetisches Zimmermädchen hatte Recht.

Ich ging zurück ins Hotel und sah unerwartet das Gesicht des mageren Morelli vor mir, der mir auch das Kärtchen geschrieben hatte. Ich hatte ihn vergessen.

»Wie haben Sie mich gefunden?«, fragte ich lachend.

»Ganz einfach. Ich habe gewartet.«

»Die ganze Nacht?«

»Den ganzen Winter.«

»Das heißt, Sie haben viel Zeit.«

Bisher hatte ich diesen Mann immer in der Badehose gesehen, an den römischen Stränden. Er hatte Haare auf dem mageren Brustkorb, graue Haare, fast weiß. Jetzt, in Seidenkrawatte und heller Weste, sah er ganz anders aus.

»Wissen Sie, dass Sie jung sind, Morelli?«, sagte ich zu ihm.

Er verneigte sich und lud mich zum Essen ein.

»Hat man Ihnen gestern Abend gesagt, dass ich nicht ausgehe?«

»Dann essen wir eben hier«, antwortete er.

Diese Typen, die scherzen, ohne je zu lachen, gefallen mir recht gut. Sie machen einen leicht befangen, und gerade deswegen fühlt man sich bei ihnen sicher.

»Einverstanden«, sagte ich. »Unter der Bedingung, dass Sie mir etwas Lustiges erzählen. Was macht der Karneval?«

Als wir Platz genommen hatten, sprach er nicht vom Karneval. Er sprach auch nicht von sich selbst. Ohne zu lächeln, erzählte er von einem Turiner Salon – er nannte den Namen, Adel –, in dem sich einige Honoratioren, während sie auf die Dame des Hauses warteten, bis auf die Unterhose ausgezogen und dann rauchend und plaudernd wieder in den Sessel gesetzt hatten. Die Hausfrau hatte erstaunt zur Kenntnis nehmen müssen, dass dieses Spiel jetzt Mode war, ein Beweis für Humor, und noch lange mit den Gästen darüber gescherzt.

»Sehen Sie, Clelia«, sagte Morelli zu mir, »Turin ist eine alte Stadt. Überall sonst wäre dieser Jungenstreich Studenten, frisch ernannten Doktoren eingefallen. Hier dagegen sind es betagte Leute in Amt und Würden. Es ist eine fröhliche Stadt …«

Immer noch ganz ernst beugte er sich vor und murmelte: »Der Glatzkopf da drüben ist einer von ihnen …«

»Sie halten mich doch nicht für diese Gräfin?«, sagte ich strahlend. »Ich bin auch aus Turin.«

»Oh, Sie gehören nicht zu diesen Kreisen, das wissen Sie genau.«

Es war nicht nur ein Kompliment. Ich sah ihn wieder mit seiner grau behaarten Brust vor mir. »Haben Sie sich auch ausgezogen?«, fragte ich.

»Liebe Clelia, wenn Sie in diesem Salon vorgestellt werden möchten …«

»Was sollte eine andere Frau dort?«

»Sie würde der Dame des Hauses beibringen, den Striptease selbst zu machen … Wen kennen Sie in Turin?«

»Was geht Sie das denn an? … Die einzigen Blumen, die ich hier in Turin bekommen habe, stammen aus Rom.«

»Werden Sie in Rom erwartet?«

Ich zuckte die Achseln. Der schlaue Morelli kannte Maurizio. Er wusste auch, dass ich gerne scherzte, aber meine Strandbadgebühren bezahlte ich selbst.

»Ich bin frei«, sagte ich. »Ich kenne nur eine Verpflichtung, die gegenüber einem Sohn oder einer Tochter. Und unglücklicherweise habe ich keine Kinder.«

»Aber Sie könnten meine Tochter sein ... Oder macht mich das zu alt?«

»Ich, ich bin zu alt.«

Endlich öffnete er sich und lächelte mit seinen lebhaften grauen Augen. Ohne den Mund zu bewegen, ohne eine Miene zu verziehen, erfüllte er sich mit Fröhlichkeit und musterte mich genüsslich. Auch das kannte ich. Er war nicht der Typ, der sich an ein junges Mädchen hängt.

»Sie wissen alles über dieses Hotel«, sagte ich, »erzählen Sie mir von dem Skandal gestern. Kennen Sie das Mädchen?«

Er musterte mich erneut und schüttelte den Kopf.

»Ich kenne den Vater«, erklärte er, »ein strenger Mann. Willensstark. Eine Art Büffel. Er baut Motorräder und läuft im Arbeitsanzug durch seine Fabrik.«

»Ich habe die Mutter gesehen.«

»Die Mutter kenne ich nicht. Tüchtige Leute. Aber die Tochter ist verrückt.«

»Echt verrückt?«

Morelli wurde finster: »Wer es einmal probiert hat, versucht es wieder.«

»Was sagen die Leute?«

»Weiß ich nicht«, sagte er. »Da höre ich nicht hin. Das ist wie das Gerede zur Kriegszeit. Alles ist möglich. Es kann ein Mann sein, eine Trotzreaktion, ein Hirngespinst. Aber der wahre Grund ist nur ein einziger.«

Er tippte sich mit dem Finger an die Schläfe. Dann lächelte er wieder, mit den Augen. Er legte die Hand auf die Orangen und sagte: »Ich habe Sie immer Obst essen sehen, Clelia. Das ist die wahre Jugend. Überlassen Sie die Blumen den Römern.«

Der Glatzkopf aus der Klatschgeschichte brummte dem Kellner etwas zu, warf die Serviette hin und ging davon, fett und feierlich. Er machte eine Verbeugung in unsere Richtung. Ich lachte ihm ins Gesicht; Morelli hob mit unbewegter Miene kurz die Hand zum Gruß.

»Der Mensch ist das einzige Tier«, bemerkte er, »das angezogen besser aussieht.«

Als der Kaffee kam, hatte er mich noch nicht gefragt, was ich in Turin machte. Vermutlich wusste er es, und ich musste es ihm gar nicht sagen. Aber er fragte mich auch nicht, ob ich kürzer oder länger bliebe. Das gefällt mir an den Leuten. Leben lassen.

»Möchten Sie heute Abend ausgehen?«, fragte er. »Turin bei Nacht.«

»Erst muss ich Turin bei Tag begutachten. Lassen Sie mich ankommen. Wohnen Sie hier im Hotel?«

»Warum ziehen Sie nicht zu mir?«

Das musste er ja sagen. Ich ging nicht auf den Vorschlag ein, als wäre es ein absurder Preis. Wenn überhaupt, sagte ich, solle er um neun vorbeikommen und mich abholen.

»Ich kann Sie bei mir zu Hause beherbergen«, wiederholte er.

»Dummkopf«, sagte ich, »wir sind keine Kinder. Eines Tages werde ich Sie besuchen.«

An jenem Nachmittag ging ich meiner eigenen Wege, und am Abend begleitete Morelli mich auf einen Ball.

## III

Am Abend, als ich zurückkam, bemerkte Morelli, der in der Halle auf mich wartete, dass ich ohne Pelz ausgegangen war, in meinem einfachen Mantel. Ich nahm ihn mit hinauf, und während ich mich fertigmachte, fragte ich ihn, ob er die Tage im Hotel verbringe.

»Die Nächte verbringe ich zu Hause«, antwortete er.

»Tatsächlich?« Ich sprach in den Spiegel und wandte ihm den Rücken zu. »Fahren Sie nie auf Ihre Ländereien?«

»Wenn ich nach Genua reise, fahre ich mit dem Zug daran vorbei. Meine Frau lebt dort. Manche Opfer können nur die Frauen bringen.«

»Auch verheiratete?«, murmelte ich.

Ich hörte, dass er lachte.

»Nicht nur die«, seufzte er. »Es bekümmert mich, dass Sie, Clelia, im Overall herumlaufen und die Anstreicher überwachen … Aber diese Räume in der Via Po gefallen mir nicht. Was wollt ihr da verkaufen?«

»Turin ist wirklich ein Klatschnest«, sagte ich.

»Die Städte altern wie die Frauen …«

»Für mich ist es noch keine dreißig. Na gut, vierunddreißig … Ich habe die Via Po jedenfalls nicht ausgesucht. Das haben sie von Rom aus so entschieden.«

»Man sieht's.«

Wir gingen. Es freute mich, dass Morelli, der alles verstand, nicht verstanden hatte, warum ich am Nachmittag im einfachen Mantel ausgegangen war. Daran dachte ich, als wir ins Taxi stiegen, und auch danach. Ich glaube, im

Trubel des Balles, als er mich mit Cherry-Brandy, Kümmelschnaps und der vielen Vorstellerei ganz kirre und unglücklich gemacht hatte, sagte ich es ihm. Statt in die Via Po war ich zum Friseur gegangen. Zu einem kleinen Friseur, zwei Schritte vom Hotel entfernt, und während er mir die Haare trocknete, hörte ich die schrille Stimme der Maniküre, die hinter einer verglasten Trennwand erzählte, wie sie an diesem Morgen vom Geruch der auf dem Gas übergelaufenen Milch geweckt worden war. »Widerlich. Das hält nicht mal die Katze aus. Heute Abend muss ich den Herd putzen.« Das genügte mir, um eine Küche mit einem ungemachten Bett vor mir zu sehen, schmutzige Scheiben zum Balkon, dunkle Treppen, wie in die Mauer gehauen. Als ich den Friseursalon verließ, dachte ich nur noch an den alten Hinterhof und ging zurück ins Hotel, wo ich den Pelz mit dem schlichten Stoffmantel vertauschte. Ich musste unbedingt in die Via della Basilica, und womöglich hätte mich jemand erkennen können; ich wollte nicht hochnäsig wirken.

Zuerst war ich in der Nähe herumgelaufen, dann war ich hingegangen. Ich kannte die Häuser, kannte die Geschäfte. Ich tat so, als betrachtete ich die Schaufenster, aber in Wirklichkeit zögerte ich, es erschien mir unvorstellbar, dass ich als Kind an diesen Ecken gestanden hatte, und gleichzeitig empfand ich so etwas wie Angst, nicht mehr ich selbst zu sein. Das Viertel war viel schmutziger als in meiner Erinnerung. Unter den Bogengängen an der Piazzetta sah ich den Laden der alten Kräuterfrau; jetzt stand ein dürres Männchen davor, aber die Körnersäckchen und Kräutersträuße waren noch dieselben. Von dort kam an Sommernachmittagen ein intensiver Duft nach Feldern und

Gewürzen. Weiter vorne hatten die Bomben eine Gasse zerstört. Wer weiß, was aus Carlotta, den Mädchen, dem Langen geworden war? Und aus Pias Kindern? Wenn die Bomben den ganzen Stadtteil eingeebnet hätten, wäre es weniger schwierig gewesen, mit seinen Erinnerungen hier spazieren zu gehen. Ich bog in das verbotene Gässchen ein, ging an den gekachelten Hauseingängen vorbei. Wie oft waren wir eilig von dort geflüchtet. An jenem Nachmittag, als ich einem Soldaten ins Gesicht gestarrt hatte, der mit finsterer Miene aus einer dieser Türen kam: Wie war das gewesen? Später, in dem Alter, in dem ich auch gewagt hätte, darüber zu sprechen, und jener Ort mir weniger Angst als vielmehr Wut und Ekel einflößte, ging ich längst woanders ins Schneideratelier und hatte Freunde und wusste, warum ich arbeitete.

Als ich die Via della Basilica erreichte, verließ mich der Mut. Ich ging an dem bewussten Hof vorbei, hob den Blick, sah flüchtig das niedrige Gewölbe und die Balkone. Ich war schon in der Via Milano. Umkehren unmöglich. Der Matratzenmacher stand unter der Tür und sah mir nach.

Etwas von alldem erzählte ich Morelli in der Aufregung des Festes, als es schon fast Morgen war und man ermattet weitertrank und plauderte, um noch ein wenig durchzuhalten. »Morelli«, sagte ich, »die Leute, die hier tanzen und sich betrinken, stammen aus besseren Kreisen. Sie sind mit Dienstboten, Ammen, Personal aufgewachsen. Mit Sommerfrische und Privilegien. Kunststück. Wer von denen hätte es wohl geschafft, sich aus dem Nichts, aus einem Hinterhof, der ein Loch ist, hochzuarbeiten bis zu diesem Ball?«

Und Morelli klopfte mir mit der Hand auf den Arm und sagte: »Nur Mut. Wir haben es geschafft. Wenn es sein muss, schaffen wir es auch noch bis nach Hause.«

»Für die Töchter und die Damen aus guten Familien«, sagte ich, »ist es leicht, sich so zu kleiden, wie sie gekleidet sind. Sie brauchen nur zu bestellen. Sie müssen nicht einmal ihren Freund hintergehen. Da ziehe ich doch lieber echte Huren an, Ehrenwort. Die wissen wenigstens, was Arbeiten bedeutet.«

»Ziehen sich die Huren noch an?«, fragte Morelli.

Wir hatten gegessen und getanzt. Wir hatten viele Leute getroffen. Dauernd stand irgendjemand hinter Morelli und rief: »Wir sehen uns noch.« Einige Gesichter und Namen erkannte ich wieder: Es waren Leute, die zur Anprobe in unseren römischen Salon gekommen waren. Ich erkannte auch einige Kleider: die lange Robe mit Hüftpolster einer Contessa, die ihre Schneiderpuppe bei uns stehen hatte. Ich selbst hatte das Kleid ein paar Tage zuvor losgeschickt. Eine kleine Signora in Volants lächelte mir sogar kurz zu; ihr Kavalier wandte sich um, und ich erkannte auch ihn; sie hatten im Vorjahr in Rom geheiratet. Er verrenkte sich, um mich zu grüßen – es war ein langer, blonder Diplomat –, dann bekam er einen heftigen Stoß: Ich nehme an, seine Frau rief ihn zur Ordnung, indem sie ihn daran erinnerte, dass ich die Schneiderin war. Das brachte mein Blut in Wallung. Dann wurde eine Kollekte für die armen Blinden veranstaltet: Ein Herr im Smoking und mit roter Papiermütze hielt eine Rede, gespickt mit Witzen über Blinde und Taube, und zwei Damen mit verbundenen Augen liefen durch den Saal und schnappten sich die Männer, die einen bestimmten Betrag bezahlten und sie küssen durften.

Morelli zahlte. Dann spielte das Orchester weiter, und ein Grüppchen Leute begann zu lärmen, zu singen und hintereinander herzulaufen. Morelli kehrte mit einer beleibten Dame in rosa Lamé – ein Fischbauch – an den Tisch zurück, gefolgt von einem jungen Mann und einer frischeren Dame, die gerade zu tanzen aufgehört hatten und sich auf das Sofa fallen ließen. Der Mann sprang sofort wieder auf.

»Meine Freundin Clelia Oitana«, sagte Morelli.

Die stattliche Dame setzte sich und betrachtete mich, während sie sich Luft zufächelte. Die zweite, im engen lila Kleid, tief ausgeschnitten, hatte mich schon von oben bis unten mit Blicken abgetastet und lächelte Morelli zu, der ihr Feuer gab.

An den Anfang der Unterhaltung erinnere ich mich nicht. Ich behielt das Lächeln der Jüngeren im Auge. Sie wirkte, als würde sie mich schon immer kennen, als machte sie sich lustig über mich und Morelli, über alle, und doch sah sie jetzt nur dem Rauch ihrer Zigarette nach. Die andere lachte und plapperte Dummheiten. Der junge Mann forderte mich zum Tanzen auf. Wir tanzten. Er hieß Fefé. Er sagte etwas über Rom, versuchte, auf Tuchfühlung zu gehen und mich an sich zu drücken, fragte, ob wirklich Morelli mein Kavalier sei. Ich antwortete, ich sei kein Pferd. Da schmiegte er sich lachend noch enger an mich. Er musste mehr getrunken haben als ich.

Als wir zurückkehrten, saß nur noch die beleibte Dame da, die sich weiter Luft zufächelte. Morelli war unterwegs. Gereizt schickte der Fischbauch den jungen Mann los, um etwas zu holen, dann patschte sie mir mit dem Händchen aufs Knie und sah mich schelmisch an. Wieder kochte ich innerlich.

»Sie waren doch im Hotel«, flüsterte sie, »als sich die arme Rosetta Mola gestern Abend unwohl gefühlt hat?«

»Oh, Sie kennen sie? Wie geht es ihr?«, sagte ich sofort.

»Es heißt, sie sei außer Gefahr« – die Dame schüttelte den Kopf und seufzte. »Und sagen Sie, hat sie tatsächlich in dem Hotel geschlafen? Was für Kindereien. Sie hat sich den ganzen Tag eingeschlossen? War sie wirklich allein?«

Die fetten, lebhaften Augen blickten stechend wie Nadeln. Sie wollte sich beherrschen, aber es gelang ihr nicht.

»Stellen Sie sich vor, wir haben sie in der Ballnacht noch gesehen. Sie wirkte ganz ruhig … So vornehme Leute. Sie hat viel getanzt …«

Ich sah Morelli kommen.

»… Und hören Sie, haben Sie sie gesehen, danach? Sie war noch im Abendkleid, heißt es.«

Ich murmelte etwas: dass ich nichts gesehen hätte. Das Heimlichtuerische im Ton der Alten veranlasste mich zu schweigen. Schon um sie zu ärgern. Alle kamen zurück, Morelli, die Brünette in Lila, der unsympathische Fefé. Doch die Alte, die schlauen, wulstigen Augen aufreißend, sagte: »Ach, ich hatte gehofft, Sie hätten sie gesehen … Ich kenne ihre Familie … So ein Unglück. Sich umbringen wollen. Was für einen Tag sie durchgemacht haben muss … Eins ist sicher, Gebete hat sie in dem Bett nicht gesprochen.«

Die Brünette rauchte, auf dem Sofa zusammengekauert, und sagte mit einem spöttischen Blick: »Adele wittert überall Geschlechtliches.« Sie atmete den Rauch ein. »Aber das ist nicht mehr Mode … Nur Dienstmädchen und Näherinnen wollen sich noch umbringen nach einer Liebesnacht …«

»Einer Nacht und einem Tag«, sagte Fefé.

»Dummheiten. Da hätten nicht mal drei Monate genügt … Meiner Ansicht nach war sie betrunken und hat sich in der Dosis vertan …«

»Gut möglich«, sagte Morelli. »So ist es, bestimmt.« Er verneigte sich vor der Dicken, berührte eher ihre Schulter, als dass er sie umfasste, und gemeinsam zogen sie los, er scherzend, die Alte hüpfend.

Die Brünette drehte sich um, betrachtete mich durch den Rauch und lobte mein ausgefallenes Kleid. In Rom sei es leichter, sich gut anzuziehen, sagte sie. »Die Gesellschaft ist dort anders. Exklusiver. Haben Sie es selbst genäht?«

Sie fragte mich einfach so, mit dieser unzufriedenen, spöttischen Miene.

»Ich habe keine Zeit, mir Kleider zu nähen«, fuhr ich auf. »Ich bin sehr beschäftigt.«

»Treffen Sie Leute?«, fragte sie. »Sehen Sie diesen? Sehen Sie jenen?« Sie hörte gar nicht mehr auf mit den Namen.

»Dieser und jener«, sagte ich, »bezalt am Tag die Schulden nicht, die er in der Nacht gemacht hat. Die Sowieso«, sagte ich, »verschwindet, wenn zu viele Rechnungen fällig werden, und setzt sich ab nach Capri …«

»Wunderbar«, jubelte die Brünette, »wirklich sympathisch.«

Aus der Menge rief man nach ihr, jemand war angekommen, sie erhob sich, streifte die Asche ab und lief davon.

Ich blieb allein mit Fefé, der mich verträumt ansah. »Sie haben Durst, junger Mann«, sagte ich zu ihm. »Warum machen Sie nicht eine Runde?«

Er hatte mir erklärt, sein System beim Trinken sei, an den verschiedenen Tischen vorbeizuschauen, überall jemanden zu erkennen und ein Gläschen anzunehmen. »So mischt man zwar verschiedene Alkoholika«, sagte er grinsend. »Aber beim Tanzen werden sie zum Cocktail geschüttelt.«

Ich schickte ihn los. Morelli kam zurück und schenkte mir sein karges Lächeln.

»Gefallen gefunden an den Damen?«, fragte er.

Da merkte ich, dass mir nicht sonderlich viel an dem Fest lag, und lud meinen Unmut bei ihm ab.

# IV

Doch bevor Morelli mich in jener Nacht verließ, sagte er mir etwas. Er sagte, ich hätte Vorurteile – ein einziges, aber schwerwiegendes: Ich glaubte, zu arbeiten und seinen Weg zu machen oder auch nur zu arbeiten, um zu überleben, könne die Qualitäten – manche seien auch dumm, das gebe er zu – der Leute, die reich geboren seien, aufwiegen. Er sagte, wenn ich voller Groll über bestimmte Vermögen redete, wirke es, als würde ich mich mit der Lebensfreude als solcher anlegen. »Im Grunde genommen«, sagte er, »würden Sie, Clelia, nicht einmal einen Lottogewinn gutheißen.«

»Warum nicht?«, fragte ich.

»Es wäre doch genauso, wie reich auf die Welt zu kommen. Ein Zufall, ein Privileg …«

Ich antwortete nicht: Ich war müde, zog ihn am Arm.

Morelli sagte: »Besteht überhaupt so ein großer Unterschied zwischen dem Nichtstun, weil man zu reich ist, und dem Nichtstun, weil man zu arm ist?«

»Aber einer, der es aus eigener Kraft schafft …«

»Da haben wir's«, sagte Morelli, »es schaffen! Ein Sportprogramm.« Er verzog leicht den Mund. »Sport bedeutet Verzicht und frühen Tod. Warum sollte einer, wenn er es kann, nicht unterwegs innehalten und den Tag genießen? Muss man unbedingt gelitten haben und aus einem Loch kommen?«

Ich antwortete nicht und zog ihn erneut am Arm.

»Sie hassen das Vergnügen der anderen, Clelia, das ist es. Und, Clelia, Sie tun schlecht daran. Sie hassen sich selbst.

Dabei besitzen Sie doch natürliche Klasse. Schaffen Sie Fröhlichkeit um sich herum, hören Sie auf zu schmollen. Das Vergnügen der anderen ist auch das Ihre …«

Am nächsten Tag ging ich in die Via Po, ohne mich anzukündigen, ohne die Firma zu benachrichtigen. Sie wussten nicht, dass ich schon in Turin war; ich wollte mir einen unverfälschten Eindruck davon verschaffen, was gemacht und wie es gemacht war. Als ich in die breite Straße einbog und am Ende den schneegefleckten Hügel mit der Kirche der Gran Madre sah, fiel mir wieder ein, dass Karneval war. Auch hier wimmelte es unter den Arkaden von Ständen mit Nougat, Trompeten, Masken und Luftschlangen. Es war ein frischer Morgen, doch die Leute strömten schon zur Piazza hinunter, wo die Buden standen.

Die Straße war noch breiter, als ich sie in Erinnerung hatte. Der Krieg hatte ein fürchterliches Loch gerissen, drei oder vier Palazzi waren eingestürzt. Es sah aus wie ein Feld, eine Senke aus Erde und Steinen, wo ein paar Grasbüschel wuchsen, und man dachte an einen Friedhof. Hier lag unser Geschäft, am Rande der Leere, kalkweiß und ohne Fenster und Türen, noch im Bau.

Ich fand zwei Maler mit weißen Papiermützen vor, die auf dem Boden saßen. Einer rührte in einem Eimer Bleiweiß an, der andere wusch sich die Hände in einem kalkverschmierten Wännchen. Sie sahen mich hereinkommen und rührten sich nicht. Der Zweite hatte eine Zigarette hinter dem Ohr stecken.

»Der Bauleiter«, sagten sie, »ist um diese Zeit nicht hier.«

»Wann kommt er?«

»Nicht vor dem Abend. Er arbeitet gleichzeitig bei der Madonna di Campagna.«

Ich fragte, ob sie der ganze Bautrupp seien. Sie musterten mit einem gewissen Interesse meine Hüften, ohne weiter den Blick zu heben.

Ich stampfte mit dem Fuß auf. »Wer ist euer Chef?«

»Gerade war er noch hier«, sagte der Erste. »Wird auf der Piazza sein.« Er schaute wieder in den Eimer. »Geh, hol ihr Becuccio.«

Becuccio kam, ein junger Bursche in Pullover und Militärhose. Er verstand sofort, was gespielt wurde, sehr aufgeweckt. Er rief den beiden zu, sie sollten den Fußboden fertigstellen. Mich führte er durch die Räume und erklärte mir die getane Arbeit. Er sagte, sie hätten Zeit verloren, weil sie seit Tagen auf die Elektriker warteten, es sei sinnlos, die Regale anzubringen, wenn man nicht wisse, wo die Leitungen verliefen. Der Bauleiter wolle sie unter Putz, die Firma rate davon ab. Während er sprach, betrachtete ich ihn. Er war stämmig, hatte lockiges Haar und zeigte beim Lächeln die Zähne. Am Handgelenk trug er ein Lederarmband.

»Wo kann man den Bauleiter anrufen?«

»Das mache ich«, sagte er sofort.

Ich trug meinen Stoffmantel, nicht den Pelz. Wir überquerten die Via Po. Er führte mich in ein Café, wo die Kassiererin ihn mit einem breiten Lächeln empfing. Als er jemanden am Apparat hatte, reichte er mir den Hörer. Die laute, bellende Stimme des Bauleiters wurde sofort zahmer, als ich sagte, wer ich bin. Er beklagte sich, dass man ihm aus Rom auf einen Brief nicht geantwortet habe, führte auch das staatliche Bauamt an; ich schnitt ihm das

Wort ab und sagte, er solle binnen einer halben Stunde hier sein. Becuccio lächelte und hielt mir die Tür auf.

Den ganzen Tag verbrachte ich in dem Kalkgeruch. Ich sah die Pläne und Briefe durch, die der Bauleiter aus einer abgenutzten Ledertasche zog. Mit zwei Kisten hatte Becuccio uns im ersten Stock ein Besprechungszimmer eingerichtet. Ich notierte mir die anstehenden Arbeiten, überschlug die Termine, sprach mit dem Installateur. Wir hatten mehr als einen Monat verloren.

»Solange noch Karneval ist …«, sagte der Bauleiter.

Kurz angebunden sagte ich, dass wir das Geschäft Ende des Monats eröffnen wollten.

Erneut gingen wir die Termine durch. Vorher hatte ich Becuccio ausgefragt und mir ein Bild gemacht. Auch mit dem Installateur hatte ich mich geeinigt. Der Bauleiter musste sich festlegen.

Zwischen einer Diskussion und der nächsten wanderte ich durch die leeren Räume, in denen die Anstreicher jetzt stehend arbeiteten. Aus dem Hof war noch ein weiterer hereingekommen. Ich ging eine kahle, mit Besen und Dosen verstellte Treppe ohne Geländer hinauf und hinunter, und der Kalkgeruch – ein lebhafter Geruch, nach Gebirge – stieg mir zu Kopf, fast als wäre das mein Palazzo. Durch eine leere Fensteröffnung im Zwischengeschoss fiel mein Blick auf die Via Po, um diese Stunde festlich und voller Menschen. Ich erinnerte mich an das kleine Fenster in meinem ersten Schneideratelier, durch das wir bei den letzten Stichen den Abend beobachteten, voll Ungeduld, dass es endlich Zeit wäre, fröhlich hinauszulaufen. »Die Welt ist groß«, sagte ich laut zu mir selbst, ohne recht zu wissen, warum. Becuccio wartete diskret im Schatten.

Ich hatte Hunger, war müde vom gestrigen Ball, und vermutlich wartete Morelli im Hotel auf mich.

Ohne Absprache für den nächsten Tag ging ich fort. Eine halbe Stunde drängte ich mich durch die Menge. Ich ging nicht in Richtung Piazza Vittorio, wo Musikkapellen und Karussells lärmten. Schon immer hatte ich den Karneval lieber in den Gässchen und im Halbschatten geschnuppert. Ich erinnerte mich an viele römische Feste, viele begrabene Dinge, viele Torheiten. Von all dem blieben nur Maurizio, dieser verrückte Maurizio, die Ausgeglichenheit und dieser Frieden. Es blieb, dass ich so ungebunden war, mein eigener Herr, frei, durch Turin zu streifen und über den morgigen Tag zu verfügen.

Im Gehen merkte ich, dass ich an jenen Abend vor siebzehn Jahren zurückdachte, als ich Turin verlassen hatte, als ich beschlossen hatte, dass ein Mensch einen anderen Menschen mehr lieben kann als sich selbst, obwohl ich doch genau wusste, dass ich nur herauskommen wollte, einen Fuß in die Welt setzen, und diese Ausrede, diesen Vorwand brauchte, um den Schritt zu tun. Guidos Torheit, seine fröhliche Ahnungslosigkeit, als er glaubte, er nehme mich mit und werde für meinen Lebensunterhalt sorgen – ich wusste alles von Anfang an. Ich ließ ihn machen, ausprobieren, sich herumschlagen. Ich half ihm sogar, ging früher bei der Arbeit weg, um ihm Gesellschaft zu leisten. Darin bestand, laut Morelli, mein Schmollen und mein Groll. Drei Monate hatte ich gelacht und meinen Guido zum Lachen gebracht: Hatte es etwas genutzt? Er war nicht einmal fähig gewesen, mich sitzen zu lassen. Man kann einen anderen nicht mehr lieben als sich selbst. Wer sich nicht selber rettet, den rettet keiner.

Dennoch – hier hatte Morelli nicht Unrecht – musste ich für jene Tage dankbar sein. Wo immer er sein mochte, tot oder lebendig, ich verdankte Guido mein Glück, und er wusste es nicht einmal. Ich hatte über seine verstiegenen Bemerkungen gelacht, über seine Art, auf dem Teppich niederzuknien und mir zu danken, dass ich ganz für ihn da sei und ihn liebte, und zu ihm gesagt: »Ich tue es nicht absichtlich.« Einmal erwiderte er: »Den größten Gefallen tut man jemandem oft, ohne es zu wissen.«

»Du verdienst das nicht«, sagte ich.

»Niemand verdient etwas«, antwortete er.

Siebzehn Jahre. Mir blieben mindestens noch ebenso viele. Ich war nicht mehr jung und wusste, was ein Mann – auch der beste – wert sein kann. Ich trat wieder unter die Bogengänge und betrachtete die Auslagen.

# V

Am Abend nahm Morelli mich in einen Salon mit. Ich staunte über die viele Jugend, die ich dort antraf: Es heißt immer, Turin sei eine Stadt der Alten. Allerdings bildeten die jungen Leute eine Gruppe für sich, wie lauter Kinder, und wir Erwachsenen saßen um ein Sofa herum und hörten einer schnippischen alten Frau mit Halsband und Samtcape zu, die irgendeine Geschichte über eine Kutsche und Mirafiori erzählte. Alle schwiegen im Angesicht der Alten, manche rauchten wie heimlich. Wenn jemand eintrat, hielt das gereizte Stimmchen inne, wartete ab, bis die Begrüßungsfloskeln ausgetauscht waren, und nahm in der ersten Pause die Rede wieder auf. Morelli hörte mit übergeschlagenen Beinen sehr aufmerksam zu, und einige andere Herren starrten stirnrunzelnd auf den Teppich. Doch nach und nach merkte ich, dass es gar nicht nötig war, auf die Alte zu achten. Niemand dachte daran, ihr zu antworten. Auf ihren Stühlen halb zur Seite gedreht, plauderten manche Frauen gedämpft miteinander, oder sie standen auf und unterhielten sich quer durch den Saal mit anderen.

Schön war dieser Saal mit seinen glitzernden Kronleuchtern und dem venezianischen Boden, den man, wo kein Teppich lag, unter den Füßen spürte. Auch das Feuer im Kamin neben dem Sofa brannte. Ohne mich zu rühren, betrachtete ich die Wände, die Stoffe, die Bonbonnieren. Es waren ein paar zu viel, aber der ganze Raum war so, wie ein Schmuckkästchen, und schwere Vorhänge bedeckten die Fenster.

Ich fühlte, wie jemand meine Schulter berührte, mich beim Namen rief, und sah die Tochter der Hausherrin vor mir, groß und heiter. Wir wechselten ein paar Worte, dann fragte sie mich, ob ich diesen und jenen kennte.

Leise verneinte ich.

»Wir wissen, dass Sie aus Rom kommen«, rief sie lachend in die plötzliche Stille, »aber gestern haben Sie eine Freundin von mir kennengelernt. Warum verleugnen Sie sie?«

»Welche Freundin?«

Die zwei auf dem Ball – ich hatte schon begriffen. Aber Zudringlichkeit mag ich nicht.

»Und Fefé wurde Ihnen auch nicht vorgestellt?«

»Ich frage mich, ob er sich daran erinnern kann. Er war betrunken wie ein Kutscher.«

Mit dieser Antwort eroberte ich sie. Ich musste aufstehen und ihr zu der Gruppe junger Leute an der Schwelle des Saals folgen. Sie nannte einige Namen, Pupé, Carletto, Teresina. Alle reichten mir sehr ernst oder unwillig die Hand und warteten darauf, dass jemand sprach. Trotz des Wortschwalls, mit dem mich die Blonde vom Sofa losgeeist hatte, fühlte ich mich auch hier als Eindringling, obwohl ich seit langem wusste, dass es in solchen Fällen immer jemanden gibt, dem es noch schlechter geht. Innerlich verfluchte ich Morelli, und mein Mut sank; ich sah das römische Leben wieder vor mir, den Ball und mein Gesicht im Spiegel am Morgen. Ich tröstete mich mit der Via della Basilica und damit, dass ich auf der Welt sehr gut allein zurecht kam und dies Leute waren, die ich sowieso nie wiedersehen würde.

Selbst die Blonde schaute geistesabwesend und, so schien mir, enttäuscht. Dann sagte sie: »Los, redet miteinander.«

Dafür, dass sie erst zwanzig war und nur zu gern lachte, war das wenig. Doch ich kannte Mariella und ihre Zähigkeit nicht – sie war die Enkelin der Alten auf dem Sofa. Sie sah sich um und rief: »Wo ist Loris? Holt Loris! Ich will sofort Loris sehen!« Jemand machte sich auf die Suche nach Loris. Die Übrigen nahmen die Unterhaltung wieder auf, einige der Mädchen knieten neben dem Stuhl, andere saßen; ein junger Mann mit Kinnbärtchen führte das große Wort und verteidigte einen abwesenden Freund vor den Mädchen, einen gewissen Pegi, der in diesem Winter auf den Alleen Schnee geschaufelt hatte – aus Engagement, behauptete er, aus Überspanntheit, sagten die anderen.

Engagement, was bedeutet das, dachte ich, als Loris mit gesenktem Kopf ankam. Er trug eine schwarze Fliege um den Hals und war Maler. Mir kam der Verdacht, dass das Ansehen, das er unter diesen Leuten hier genoss, ganz von der Fliege und den buschigen Augenbrauen herrührte. Er blickte finster wie ein Stier.

Kurz lächelte er. Mariella ließ sich auf einen Stuhl plumpsen und sagte: »Los, los, reden wir über die Kostüme.«

Als ich schließlich begriffen hatte, worum es ging – die anderen überschreiend, erklärte ein Mädchen es mir –, tat ich, als ob nichts sei, und lächelte gleichmütig. Mittlerweile redeten ja Mariella und die anderen.

»Ohne Kostüme und Kulissen geht es nicht.«
»Blödsinn. Dann eignet sich Carmen doch besser.«
»Veranstalten wir lieber einen Maskenball.«
»Das Dichterwort muss im Leeren hallen.«
»Wer von euch hat es denn überhaupt gelesen?«

Ich warf einen Blick auf die andere Seite des Raums, wo die Alte gereizt zu ihrem Kreis von Leuten redete und redete, während die Herren im Widerschein des Kaminfeuers auf den Teppich starrten und die Frauen unruhig wurden und die ersten Teetassen in den Händen aufgetaucht waren.

Bei uns sagte Loris gedehnt: »Es geht nicht darum, die alten Theatermethoden nachzuahmen. Wir sind nicht so gebildet. Es geht darum, das nackte Wort eines Textes zu präsentieren, aber ohne Inszenierung kommen wir nicht aus, denn auch jetzt, hier in diesem Raum, in diesen Kleidern, zwischen diesen Wänden sind wir Teil einer Inszenierung, die wir akzeptieren oder ablehnen müssen. Jedes Ambiente ist Inszenierung. Auch das Licht …«

»Dann treten wir eben im Dunkeln auf«, rief ein Mädchen.

Während Loris so redete, stand Mariella auf und lief davon, um die Bedienung zu überwachen, dann rief sie die Mädchen zu sich. Ich blieb mit wenigen zurück, und dieser Loris schwieg jetzt und lächelte angewidert.

»Die Idee mit der Dunkelheit hat was«, sagte einer.

Wir schauten Loris an, der zu Boden blickte. »Quatsch«, sagte eine sitzende, kleine Frau in einem Atlaskleid, das mehr wert war als viele Worte. »Ins Theater geht man, um etwas zu sehen. Gebt ihr nun ein Stück, oder nicht?« Sie hatte lüsterne Augen, mit denen sie den Jungen ins Gesicht lachte.

Dem Maler schmeckte diese Bemerkung nicht, ruppig und mit verändertem Gesichtsausdruck sagte er, er wolle keinen Tee, sondern einen Schnaps. Unterdessen kamen die Tassen auch bei uns an, und Mariella stellte eine Flasche Cognac auf das Kaminsims. Sie fragte mich, ob wir etwas beschlossen hätten.

»Sollte ich etwas beschließen?«, sagte ich. »Davon weiß ich nichts.«

»Aber Sie müssen uns helfen«, kreischte Mariella. »Sie, die etwas von Mode verstehen.«

Allgemeines Stühlerücken rund um das Sofa signalisierte uns, dass etwas geschah. Alle erhoben sich, machten Platz, Mariella eilte hin. Die Alte wollte sich zurückziehen. Ich hörte nicht, was sie sagte, aber ein hübsches Dienstmädchen nahm sie am Arm, sie klopfte mit dem Stock auf den Boden, sah sich mit ihren lebhaften Augen angestrengt um, und an den Verbeugungen vorbei gingen die beiden hüpfenden Schrittes langsam hinaus.

»Großmutter will, dass wir die Türen offen lassen, so hört sie uns vom Bett aus«, sagte Mariella, als sie strahlend zurückkam. »Sie will die Schallplatten hören, die Unterhaltung, die Leute. Sie ist ganz verliebt in unsere Freunde …«

Bei der ersten Gelegenheit nahm ich Morelli beiseite und fragte ihn, was ihm da eingefallen sei.

»Schon wieder verstimmt?«, fragte er.

»Weniger als Sie, der die Alte ertragen musste … Jedenfalls …«

»Lästern Sie nicht über die Alte«, bemerkte Morelli. »Frauen wie Donna Clementina sind rar. Die sind längst alle tot. Wussten Sie, dass Donna Clementina die Tochter einer Hausmeisterin ist? Sie war Schauspielerin, Tänzerin, Mätresse, und von den drei Söhnen, die sie mit dem alten Grafen bekommen hat, ist einer nach Amerika abgehauen, ein anderer ist Erzbischof. Von den Töchtern ganz zu schweigen …«

»Die Ärmste. Und warum zieht sie sich nicht aufs Land zurück?«

»Weil sie eben geistreich ist. Weil es ihr gefällt, in ihrem Haus das Regiment zu führen. Sie sollten sie kennenlernen, Clelia.«

»Sie ist so furchtbar alt ...«

»Deshalb muss man sie kennen. Wenn Sie sich vor den Alten fürchten, haben Sie Angst vor dem Leben.«

»Ich dachte, Sie hätten mich mitgenommen, damit ich die anderen kennenlerne ...«

Morelli betrachtete die im Saal sitzenden Grüppchen, die Paare, die im Hintergrund miteinander tuschelten.

Er schnitt eine Grimasse und brummte: »Wird schon getrunken?«

## VI

An dem Abend wurde nicht mehr über die Inszenierung gesprochen. Ich sah Loris' schwarze Fliege herumflattern, machte aber einen Bogen um ihn, und auch Mariella musste das bemerkt haben, denn sie zog mich zu einigen Damen, unter denen auch ihre Mutter war, und regte ein Gespräch über Mode an. Glaubte sie, mir einen Gefallen zu tun? Sie kam noch einmal auf ihre Freundin und den Ball zurück, sagte, sie wäre auch gerne hingegangen, fühle sich aber noch zu jung. Mir kamen die Trage und das Tüllkleid in den Sinn. »Oh, du hättest ruhig mitkommen können«, sagte die gedrungene Kleine im Atlasschlauch. »Niemand hat sich danebenbenommen. Bekannte von mir haben während des Festes die Lokalität gewechselt, um sich zu amüsieren.«

»Ein Tänzchen in Ehren?«, sagte Mariella grinsend.

»Wahrhaftig«, sagte eine andere.

»Ein Tänzchen im Dunkeln«, schloss Mariella und blickte sich um. Die Damen lächelten, schockiert und zufrieden. Mariella war keineswegs dumm, sie war es, die den Salon führte, und mit solchen Gesprächen war sie aufgewachsen. Ich fragte mich, ob sie es wohl geschafft hätte, wenn sie von unten angefangen hätte wie ihre Großmutter, als sie jung war. Morellis Worte fielen mir wieder ein, und ich hielt mich zurück.

Dann drehte sich das Gespräch um Morelli und das Leben, das er führte. Mit Rom, den römischen Villen und einigen absichtlich erwähnten großen Namen brachte ich die Zimperlichsten in der Gruppe zum Schweigen. Ich ließ durchblicken, dass Morelli in bestimmten Häusern ein und aus ging und dass Rom die einzige Stadt sei, die man nicht zu verlassen brauche. Es seien die anderen, die nach Rom kämen. Mariella klatschte in die Hände und sagte, sie amüsiere sich prächtig und eines Tages werde sie in Rom vorbeischauen. Eine sprach vom Heiligen Jahr.

»Diese Halunken. Was machen die da?«, sagte Mariella plötzlich. »Wollen wir mal zuhören?«

So löste sich unser Kreis auf, und die verschiedenen Grüppchen scharten sich um die schwarze Fliege von Loris, der mit drei oder vier ihn bestürmenden Mädchen diskutierte. So zum Spaß hatten er und die anderen den ganzen Cognac ausgetrunken, und jetzt eiferten sie sich, brüllend wie die Stiere, über ich weiß nicht welche Frage – ob man im Leben man selbst sei oder Theater spielen müsse. Erstaunt hörte ich ein mageres Mädchen – Ponyfransen, dicke Lippen und Zigarette – den Namen der Brünetten vom Ball, Momina, erwähnen. »Momina hat das gesagt, Momina hat das gesagt«, rief sie. Als Mariella zu der Gruppe trat und sich ringsherum die distinguierten Herren versammelt hatten, sagte eine schwankende Stimme: »Wer mit jemandem schläft, lässt die Maske fallen. Er entblößt sich.« Während Mariella eingriff, drehte ich mich zu Morelli um. Er sah zufrieden aus und schaute, als trüge er ein Monokel. Ich lächelte ihm verständnisinnig zu, und als er neben mir stand, fragte ich ihn halblaut, warum sie die Betrunkensten nicht in den Garten schickten. »Dort hätten sie es kühl und würden nicht stören.«

»Das geht nicht«, sagte er. »Wenn es unanständig wird, müssen die Damen und die Gastgeber mithören. Das ist die Regel.«

Wer diese jungen Flegel seien, fragte ich ihn. Er nannte einige Namen, deutete an, dass es sich nicht bei allen um ehrbare Leute handele, dass die Jugend verdorben worden sei und immer weiter verderbe – »Ich mache daraus keine Standesfrage, zum Donnerwetter« –, aber seit dem Krieg und auch schon davor verstehe man doch rein gar nichts mehr. Seiner Meinung nach durfte man sich nur unter die Leute mischen, wenn man genau wusste, wer man war. »Und diese da wissen längst nicht mehr, wer sie sind und was sie wollen«, sagte er. »Sie amüsieren sich nicht einmal. Sie können sich nicht unterhalten: Sie schreien nur. Sie haben die Laster der Alten, aber nicht deren Erfahrung …«

Ich dachte an das Tüllkleid und war drauf und dran, ihn zu fragen, ob er nichts mehr von dem Mädchen gehört habe. Ich tat es nicht, weil ich begriff, dass er in diesen Dingen stur war, dass er trotz seiner Manieren Haare auf dem Bauch hatte, grau war, alt wurde. Du bist so alt wie mein Vater, dachte ich, du weißt so viel und weißt doch nichts. Er hat wenigstens den Mund gehalten und uns machen lassen …

Jetzt legte Morelli sich mit dem Haufen an. Er sagte zu dem mit dem Kinnbärtchen, sie sollten lieber lernen, wie man mit Damen umgeht, anstatt über Blödsinn zu diskutieren, sie sollten lernen zu leben und endlich erwachsen werden, und selbstverständlich wollte der andere ihn überzeugen und dazu bringen anzuerkennen, dass wir im Leben alle Theater spielen. Noch nie hatte ich Morelli so aufgebracht gesehen. Die Damen amüsierten sich.

Rasch hielt ich Mariella auf, die einen besorgten Herrn im Vorbeigehen ungeniert anlächelte, nahm sie beiseite und sagte, dass wir, vielmehr dass ich mich verabschieden und ihr für den Abend danken wolle. Erstaunt erwiderte sie, dass sie mich aber wiedersehen, über viele Dinge mit mir sprechen und mich überreden wolle, ihnen zu helfen, Momina habe ihr schon gesagt, wie begabt ich sei. »Heute Abend ist sie nicht gekommen«, sagte ich, um irgendetwas zu sagen.

Mariella entschuldigte sie lebhaft. Sie sagte, sie hätten miteinander telefoniert, Momina sei sich nicht sicher gewesen, da sie die Mola besuchen wollte.

»Wissen Sie …?« Sie senkte die Stimme und hob den Blick.

»Ja«, sagte ich. »Wie geht es Rosetta?«

Daraufhin wechselte Mariella die Farbe und sagte betroffen, wenn ich mit Rosetta bekannt sei, müssten wir darüber reden, sie sei ein armes Mädchen, die Familie verstehe sie nicht und mache ihr das Leben unmöglich, sie sei stark und äußerst empfindsam, sie habe ein absolutes Bedürfnis nach Leben, nach Dingen, sie sei für ihr Alter sehr reif, und sie, Mariella, habe nun Angst, dass ihre Freundschaft diese schreckliche Erfahrung womöglich nicht überleben werde.

»Aber ihr, Rosetta, wie geht es ihr?«

»Ja, ja, es geht ihr besser, aber sie will uns nicht sehen, sie will niemanden sehen. Sie fragt nur nach Momina und sieht nur sie …«

»Wenn es nur das ist«, sagte ich, »Hauptsache, es geht ihr gut.«

»Selbstverständlich, doch ich habe Angst, dass sie mich hasst …«

Ich sah Mariella an. Dieses konsternierte Frätzchen war nichts für mich.

»Es wird die Übelkeit vom Veronal sein«, sagte ich dann. »Wenn man einen verdorbenen Magen hat, widerstrebt es einem, Leute zu sehen.«

»Aber Momina sieht sie«, erwiderte Mariella prompt, »das macht mich wütend.«

Du musst noch erwachsen werden, meine Liebe, dachte ich. An deiner Stelle hätte ich mich besser im Griff.

»Rosetta«, sagte ich, »hat das Veronal nicht genommen, um Sie zu ärgern.« Ich sagte es mit einem Lächeln und einer Abschiedsmiene. Mariella lächelte sofort zurück und streckte mir die Hand entgegen.

Ich grüßte die Umstehenden und ging. Morelli ließ ich in seinem Grüppchen zwischen der Fliege und den jungen Frauen zurück. Draußen nieselte es, und an der Allee nahm ich eine Straßenbahn.

# VII

Es vergingen keine zwei Tage, bis mich Mariella eines Morgens anrief. Ich hatte niemanden mehr gesehen und verbrachte die ganze Zeit in der Via Po. Die Stimme des Mädchens lachte, drängte mich, seufzte wankelmütig. Sie wollte, dass ich ihre Freunde treffe – ihr zuliebe – und ihnen helfe. Ob ich am Nachmittag auf eine Tasse Tee zu ihr kommen könne? Oder noch besser, ob wir nicht kurz in Loris' Atelier vorbeigehen könnten?

»So machen wir ihnen Mut«, sagte sie. »Wenn Sie wüssten, wie tüchtig diese Leute sind.«

In einem fröhlichen Pelzjäckchen im Kosakenstil holte sie mich in der Via Po ab. Das Haus lag auf der anderen Seite des Flusses. Wir folgten den Bogengängen rund um die Piazza, und Mariella wich den Buden aus, ohne einen einzigen Blick darauf zu werfen. Ich dachte, in wie wenigen Tagen ich mich doch ganz von Rom gelöst hatte, wie ich in Turin schon die Verpflichtungen und die Gesellschaft desjenigen hatte, der schon immer dort lebt. Auch Maurizio hatte mir seit dem Morgen nach meiner Ankunft keine Narzissen mehr gesandt.

Beim Plaudern erzählte mir Mariella viel über das Turiner Leben und die Geschäfte. Dafür, dass sie sie immer nur als Kundin gesehen hatte, kannte sie sie gut. Ein Geschäft nach seinem Schaufenster zu beurteilen ist schwierig für jemanden, der nicht selbst Schaufenster dekoriert. Mariella dagegen verstand sich darauf. Sie sagte, ihre Großmutter sei immer noch der Schrecken der Schneiderinnen.

Wir stiegen eine schmutzige Treppe hinauf, was ich bedauerte. Ich hätte mich gerne weiter unterhalten. Oben angekommen, klingelte Mariella.

Alle Ateliers sind gleich. Es herrscht die gleiche Unordnung wie in manchen Geschäften, aber absichtsvoll hergestellt und durchdacht. Man versteht nicht, wann die Maler eigentlich arbeiten, sie scheinen immer vom Licht angewidert zu sein. Wir fanden Loris – diesmal ohne Fliege – auf dem zerwühlten Bett vor, und das Mädchen mit den Ponyfransen öffnete uns. Sie trug einen abgewetzten Mantel und sah Mariella schief an. Sie rauchte. Loris rauchte ebenfalls, aber Pfeife, und beide schmollten. Mariella lachte herzlich und sagte: »Wo ist mein Hocker?« Loris rührte sich nicht aus dem Bett.

Wir setzten uns gut gelaunt. Mariella begann mit ihrem Geplapper, fragte nach Neuigkeiten, staunte, ging zum Fenster. Loris, missmutig, schweigsam, antwortete kaum. Die andere, die Magere, die Nene hieß, musterte mich. Ein seltsames Mädchen mit dicken Lippen, etwa um die fünfundzwanzig. Sie rauchte mit ungeduldigen Bewegungen und kaute auf ihren Fingernägeln. Ihr Lächeln war reizend, wie bei einem Kind, aber ihr fahriges Gehabe störte. Es war klar, dass sie Mariella insgeheim für dumm hielt.

Es lief, wie ich erwartet hatte. Sie fingen an, über ihre Angelegenheiten zu reden, über Leute, die ich nicht kannte, über die Geschichte eines Bildes, das verkauft wurde, noch bevor es fertig war, aber dann merkte der Maler, dass es doch schon fertig war, und wollte es nicht mehr anrühren, und der Kunde wollte es wirklich vollendet haben, und der Maler wollte nichts davon wissen, und dabei blieb es. Diese Nene redete sich in Rage, empörte sich und regte sich auf, biss auf ihre Zigarette, schnitt Mariella das Wort ab. Ich verstehe, dass die Menschen sich je nach Beruf verschieden ausdrücken; aber so wie die Maler und all jene, die man in den Wirtshäusern diskutieren hört, ist sonst niemand. Ich würde es verstehen, wenn sie über Pinsel, Farben, Terpentin sprächen – über die Dinge, die sie benutzen –, aber nein, diese Leute reden bloß aus Lust und Laune kompliziert daher, und es kommt vor, dass niemand den Sinn bestimmter Wörter kennt, immer ist einer da, der irgendwann zu streiten anfängt, der sagt, nein, das heißt soundso, das ändert alles. Es sind Wörter wie die in der Zeitung, wenn von Gemälden die Rede ist. Ich erwartete, dass auch Nene übertreiben würde. Aber nein. Sie sprach gewandt und wütend, verlor aber ihre kindliche Miene nicht: Sie erklärte Mariella, dass man nie zu früh aufhört, an einem Bild zu malen. Sie duzten sich. Loris schwieg, sog an seiner Pfeife. Mariella, die sich nichts aus Bildern machte, platzte irgendwann heraus: »Warum reden wir nicht über die Aufführung?« Loris drehte sich auf dem Bett um, Nene sah uns beide schief an. Sie merkte es selbst und fing an zu lachen. Mich beeindruckte, dass sie im Dialekt lachte, wie die Verkäuferinnen lachen, wie auch ich manchmal lache.

»Es ist doch alles in der Schwebe«, sagte Nene. »Nach der Geschichte mit Rosetta kann man keinen Selbstmord auf die Bühne bringen ...«

»Unsinn«, rief Mariella, »wer konnte das ahnen?«

Erneut sah Nene uns an, herausfordernd und fröhlich.

»Frauengeschichten«, sagte Loris verächtlich. »Das interessiert die Gastgeber. Mir ist das egal. Aber wir haben es mit den Martellis zu tun, mit Leuten, die zahlen. Ich weiß nicht, was Rosetta gemacht hat ... Aber mir gefällt gerade diese Fantasie der Wirklichkeit, durch die Kunstsituationen an Höhe verlieren und sich in Leben verwandeln. Wo das Persönliche beginnt, interessiert mich nicht ... Es wäre doch zu schön, wenn Rosetta wirklich unter Einfluss gehandelt hätte ... So oder so, die Martellis machen nicht mit.«

»Was hat das damit zu tun?«, sagte Mariella. »Kunst ist etwas anderes ...«

»Seid ihr sicher?«, überlegte Loris. »Es ist eine andere Art, etwas zu betrachten, wenn ihr so wollt, nicht etwas anderes an sich. Ich persönlich möchte gerade die Sache mit der dramatischen Suggestivkraft in Szene setzen, ich bin sicher, es wäre fantastisch ... ein *papier collé* der Theaterchronik ... die Kleider, die ihr tragt, dieses Zimmer, dieses Bett zu betrachten wie die Sachen aus dem Maria-Magdalena-Stück ... Ein existentialistisches Theater ... Sagt man so?«

Er sah mich an, ausgerechnet mich, vom Bett aus, mit haarigen Augen. Ich kann Schlaumeier nicht ausstehen und wollte ihm gerade die Meinung sagen, als Nene lebhaft aufsprang: »Wenn Rosetta wirklich tot wäre, könnte man es machen. *Un hommage à Rosette* ...«

Mariella sagte: »Wer ist denn dagegen?«

»Momina«, erwiderte Nene. »Die Martellis, der Präsident, Carla und Mizi. Momina ist ihre Freundin ...«

»Das dumme Ding hätte draufgehen sollen, das wäre besser gewesen ...«, brummte Mariella.

Ich bin es gewöhnt, in unserem Geschäft die Skandal- und Klatschgeschichten von ganz Rom zu hören, aber dieses Wortgefecht zwischen Freundinnen, weil es einer Dritten nicht gelungen war, sich umzubringen, beeindruckte mich. Es kam mir fast so vor, als hätte die Aufführung schon begonnen und alles wäre gespielt, wie in einem Theater, so wie Loris es wollte. Mit meiner Ankunft in Turin hatte ich die Bühne betreten und war nun ebenfalls Teil der Aufführung. Es ist Karneval, dachte ich bei mir, wirst sehen, dass sie in Turin jedes Jahr solche Scherze machen.

»Meinetwegen«, sagte Loris, auf seiner Pfeife kauend. »Einigt euch, wie ihr wollt.«

Ich studierte Nenes Fransen, ihre dicken Lippen, den ausgeblichenen Mantel. Die Menschen leben auf seltsame Art. Hörte man sie über ihren Beruf reden und über ihr Recht, unfertige Sachen zu verkaufen, war es klar, dass sie eher ihre Arroganz verteidigten als das Geld. »Du nagst am Hungertuch, meine Liebe«, hätte ich gern zu ihr gesagt, »und hast viele Probleme. Wo schläfst du nachts? Hält dich jemand aus? Mariella, die keine Bilder malt, ist reich geboren und trägt einen Pelz.« Sie hatten wieder über das Stück zu streiten begonnen und sagten, es sei zu spät, um ein neues zu suchen, nun gut, dieses Jahr werde es dann eben nichts mehr. »Diese dumme Gans!«, sagte Mariella. »Lesen wir einen Einakter, ohne Inszenierung und ohne Bühnenbild«, sagte Nene, und da sprang Loris auf, sah sie angewidert an, wie zwei Verrückte, die sie ja waren, und sagte: »Meinetwegen. Aber kommt damit dann nicht zu mir.«

Ich betrachtete erneut ein bestimmtes Bild ohne Rahmen, das unter dem Fenster an der Wand lehnte. Es wirkte schmutzig, unfertig: Seit ich hereingekommen war, fragte ich mich, was es darstellte. Ich wollte nicht, dass die anderen es bemerkten, damit Mariella nicht sagte: »Los, zeigt ihr die Bilder.« Aber dieses Farbdurcheinander aus Violett- und Schwarztönen faszinierte mich; ich wollte es nicht anschauen und sah doch immer wieder hin, ich fand, dass es wie das ganze Zimmer und wie Loris' Gesicht war.

Ich sagte etwas. Fragte, wann die Aufführung stattfinden solle.

»Wer weiß«, sagte Nene. »Bisher hat niemand einen Heller dafür gegeben.«

»Ihr habt keine Geldgeber?«

»Wer zahlt«, sagte Mariella böse, »verlangt, uns auch seinen Geschmack aufzuzwingen ... Das ist es.«

Loris sagte: »Ich wäre glücklich, wenn mir jemand einen Geschmack aufzwingen würde ... Aber es findet sich niemand mehr, der Geschmack hat. Sie wissen alle nicht, was sie wollen ...«

Mariella lachte zufrieden in ihrem Pelz. Nene sagte erregt: »In dieser Geschichte gibt es zu viele Martellis und zu viele Mizis. Zu viele hysterische Weiber ... Momina ...«

»Die übertreibt es«, sagte Mariella.

»Momina weiß, was sie will. Lasst sie machen.«

»Und wer kommt dann in unser Stück?«, sagte Mariella trocken. »Wer führt es auf? Die hysterischen Weiber?«

»Aufführen ist ausgeschlossen. Lesen genügt.«

»Unsinn«, sagte Loris. »Wir wollten ein Ambiente farbig gestalten ...«

Sie machten noch eine ganze Weile weiter. Es war klar, dass dem Maler daran lag, ein paar große Leinwände vollzuklecksen, um etwas zu verdienen. Und dass Mariella daran lag, als Schauspielerin aufzutreten. Nur Nene erhob keine Ansprüche, aber irgendetwas steckte auch bei ihr dahinter.

In diesem Augenblick kam Momina.

## VIII

Mit der ihr eigenen unzufriedenen Miene trat sie herrisch ein. Allein ihre Handschuhe waren so viel wert wie das ganze Atelier. Nene, die ihr die Tür öffnete, wirkte wie das Dienstmädchen. Sie begrüßten sich lachend.

»Sie trifft man ja überall«, sagte Momina, als sie mich sah.

»Das ist in Turin nicht schwer«, erwiderte ich.

Sie wanderte herum, ging nah an die Bilder heran, und ich begriff, dass sie kurzsichtig war. Umso besser. Ich behielt Mariella im Auge.

»Macht das Licht an«, sagte sie. »Seht ihr nicht, dass es Nacht ist?«

Bei Licht verschwand das Fenster, und das Bild darunter wurde zu einem Brei massakrierter Gesichter.

»Niemand ist einverstanden«, sagte Nene. »Ich auch nicht. Man verliert Zeit durch blöde Geschichten, und was wir machen, wissen wir immer noch nicht. Clara hat Recht, wir werden im Dunkeln auftreten, wie bei einer Rundfunksendung …«

Momina lächelte auf ihre missmutige Art. Sie ging nicht darauf ein, sondern sagte zu Loris, sie habe mit dem Soundso gesprochen, der dieses und jenes gesagt habe, und Loris, auf dem Bett sitzend, brummte irgendetwas und hielt sich den Knöchel; Mariella mischte sich mit lauter Stimme ein, und sie plauderten und lachten, Nene sagte: »Verrückt«, und vom Theater war keine Rede mehr. Jetzt führte Momina das Wort und kam auf einen gewissen Gegé aus Piovà zu sprechen, der in der Bar eines großen Hotels einer Kindheitsfreundin – sie hatten sich seit Jahren nicht gesehen – begegnet und auf sie zugegangen war: »Ciao.« »Ciao.« »Ich habe gehört, du hast dich entwickelt«, damit hatte er ihr in den Ausschnitt gegriffen und eine Brust herausgeholt, und beide hatten zusammen mit dem Barmann Filippo und den Umstehenden darüber gelacht. Momina und Nene lachten; Mariella schnitt eine Grimasse; Loris sprang vom Bett auf und sagte: »Das stimmt. Sie hat prächtige Titten.«

»Lästermäuler«, sagte Mariella. »So ist Vanna wirklich nicht.«

»Sind sie nicht prächtig?«, sagte Loris.

Sie machten immer so weiter, und Momina kam vom Hundertsten ins Tausendste, sah mich auf ihre penetrante Art immer wieder an, stellte mir Fragen, wollte mich bezirzen. Es gefiel mir, dass sie nicht auf die Sache mit dem Theaterstück zurückkamen. Wer sich nicht wohl fühlte, war Mariella, man merkte, dass die andere ihr den Platz streitig machte. Momina war jünger als ich, aber nicht viel: Sie war sehr gut angezogen, ein graues Kostüm unter dem Biberpelz, und hatte gepflegte Haut, ein frisches Gesicht; sie nutzte ihre Kurzsichtigkeit, um sich distanziert zu geben. Ich erinnerte mich an das lila Kleid, das sie auf dem Ball getragen hatte, und blickte auf ihren leeren Ringfinger.

»Wir gehen«, sagte Mariella auf einmal.

Momina sagte, wir sollten auf sie warten, sie habe das Auto unten stehen. Zu dritt quetschten wir uns in den grünen Topolino: Ich hatte etwas Besseres erwartet. Mariella wollte unbedingt hinten sitzen. Beim Anlassen des Motors sagte Momina zu mir: »Das ist alles, was mein Mann mir gibt.«

»Aha«, sagte ich.

»Ich lebe allein«, bemerkte Momina, während sie losfuhr, »es ist besser für ihn und für mich.«

Ich wollte in der Via Po aussteigen, um einen letzten Blick hineinzuwerfen; Momina sagte: »Verbringen Sie den Abend doch mit mir.«

Mariella hinter uns schwieg. Wir setzten sie in ihrer Straße am Tor ab. Um sie aussteigen zu lassen, stiegen wir ebenfalls aus und klappten die Sitze vor. Im letzten Moment hatte sie wieder angefangen, von dem Stück zu sprechen, von Maria Magdalena, und sie beklagte sich über Momina, über uns, beschuldigte uns, wir würden alles über den Haufen werfen. Momina antwortete ihr kühl, sie gerieten aneinander, ich betrachtete die Bäume. Jetzt schwiegen sie. »Morgen erzähle ich es dir«, sagte Momina. Wir beide stiegen wieder ein.

Sie fuhr mich zurück ins Zentrum, sagte kein Wort über Mariella. Dagegen sprach sie von Nene, sie mache so schöne Skulpturen. »Man begreift nicht, warum sie ihre Zeit mit diesem Loris vergeudet.« Sie lächelte: »Dabei ist sie so intelligent. Eine Frau, die mehr wert ist als der Mann, der ihr zufällt, ist ein großes Unglück.«

Ich bat sie, mich in die Via Po zu bringen.

Als ich aus dem Bogengang wieder zum Auto trat, rauchte Momina eine Zigarette und starrte vor sich in die Dunkelheit. Sie öffnete mir die Autotür.

Wir tranken einen Aperitif an der Piazza San Carlo. Wir setzten uns in zwei Sesselchen hinten in einem neuen vergoldeten Café, dessen Eingang noch von Latten und

Schutt versperrt war. Ein elegantes Lokal. Momina warf den Pelz von den Schultern und sah mich an. »Nun kennen Sie alle meine Freunde«, sagte sie. »Von Rom nach Turin, das ist ein ziemlicher Sprung. Es muss schön sein, so zu arbeiten wie Sie …«

Was suchst du, dachte ich. Eine Stelle?

»… Erschrecken Sie nicht«, fuhr sie fort, »der Kreis hier in Turin ist so klein … Ich will keine Ratschläge von Ihnen. Sie haben Geschmack, aber meine Schneiderin genügt mir … Es ist ein Vergnügen, sich mit jemandem zu unterhalten, der ein anderes Leben lebt.«

Wir sprachen eine Weile über Turin und Rom – sie sah mich mit im Rauch zusammengekniffenen Augen an –, darüber, dass man keine Wohnung findet, über dieses neue Café; sie sagte, in Rom sei sie nie gewesen, dafür aber in Paris, und ob ich nicht daran dächte, meiner Arbeit wegen nach Paris zu fahren, das müsse ich unbedingt tun: Beruflich zu reisen sei das einzig Wahre, warum ich mich denn mit Turin begnügte?

Da erzählte ich, dass man mich nach Turin geschickt hatte. »Ich bin in Turin geboren.«

Sie sei auch aus Turin, sagte Momina zu mir, aber in der Schweiz aufgewachsen und in Florenz verheiratet. »Ich bin zur Dame erzogen worden«, sagte sie. »Aber was ist eine Dame, wenn sie nicht morgen früh in den Zug steigen und nach Spanien fahren kann, nach London oder wohin sie eben will?«

Ich machte den Mund auf, aber Momina sagte, nach dem Krieg könnten sich nur Leute, die arbeiteten wie ich, diesen Luxus erlauben.

»Wer arbeitet, hat aber keine Zeit«, sagte ich.

Und sie ganz ruhig: »Es lohnt sich nicht, zu arbeiten, nur um nach Turin zu kommen.«

Ich glaube, sie verstanden zu haben, und sagte, ich sei seit beinahe zwanzig Jahren nicht mehr in Turin gewesen und auch deshalb gekommen, um meine Heimat wiederzusehen.

»Sie sind alleinstehend, scheint mir.«

»Das Haus, in dem ich gewohnt habe, das Viertel …«

Sie schaute mich mit ihrem unzufriedenen Lächeln an. »Solche Sachen verstehe ich nicht«, sagte sie kühl. »Vermutlich haben Sie nichts mehr mit dem Mädchen gemein, das in Turin geboren wurde. Ihre Familie …«

»Alle tot.«

»… und wenn sie nicht gestorben wären, fänden Sie sie jetzt lächerlich. Was verbindet Sie denn noch mit denen?«

Sie war so kalt und abweisend, dass mir das Blut ins Gesicht schoss und ich nicht wusste, was ich sagen sollte. Ich kam mir töricht vor. Letztlich hat sie dir ein Kompliment gemacht, dachte ich. Sie sah mich spöttisch an, als hätte sie verstanden.

»Sie werden mir doch nicht sagen, so wie ein Bekannter von mir, dass es schön ist, in einem Hinterhof zur Welt zu kommen …«

Ich sagte, schön daran sei, an den Hinterhof zu denken und den Vergleich zu ziehen.

»Ich wusste es«, sagte sie lachend, »das Leben ist so albern, dass man sich sogar an die Albernheit hängt, geboren worden zu sein …«

Sie konnte reden, keine Frage. Ich ließ die Augen über die Vergoldungen, die Spiegel und die Stiche an den

Wänden wandern. »Dieses Café«, sagte Momina, »hat ein Mann aufgezogen, der wie Sie ist, willensstark ...«

Es war ihr gelungen, mich zum Lächeln zu bringen. Bist du auf Draht, weil du in Paris gewesen bist, dachte ich, oder bist du in Paris gewesen, weil du auf Draht bist?

Doch sie sagte abrupt: »Haben Sie sich an dem Abend auf dem Ball amüsiert?«

»War es ein Ball?«, murmelte ich enttäuscht. »Das habe ich gar nicht gemerkt.«

»Man sagt, es sei Karneval«, erwiderte Momina leise und lachte. »So etwas passiert.«

»Und warum geht die schöne Mariella nicht auf diese Tanzfeste?«, fragte ich.

»Das hat sie Ihnen auch schon erzählt?«, lächelte Momina. »Dann sind Sie beide wirklich dicke Freundinnen.«

»Sie hat mich noch nicht gebeten, ihr Kleid zu wenden ...«

»Das kommt noch, ganz bestimmt«, sagte Momina. »In Turin sind wir Frauen alle so ...«

## IX

Ich bin ein Dummkopf. An jenem Abend tat es mir leid, abfällig über Mariella gesprochen zu haben, während sie in Loris' Atelier dieses Mädchen, Vanna, in Schutz genommen hatte. Mir blieb ein bitterer Nachgeschmack. Ich wusste wohl, dass es nur Worte waren, dass diese Leute – allesamt, einschließlich Morelli – lebten wie die Katzen, stets bereit, sich den Knochen zu schnappen, aber dennoch tat es mir leid, und ich sagte mir: Da, du bist genau wie sie. Doch das hielt nicht lange an, und als Momina mich fragte, was ich am Abend vorhätte, erklärte ich mich bereit, ihr Gesellschaft zu leisten. Wir gingen zum Abendessen ins Hotel, und natürlich tauchte Morelli auf, der zum Plaudern an unseren Tisch kam, ohne sich darüber zu wundern, uns zusammen zu sehen. Während des Essens kam der Anruf aus Rom, den ich erwartete. Ein paar Minuten lang diskutierte ich in der Telefonkabine über die Via Po, machte Pläne, atmete die gewohnte Luft. Als ich in den Speisesaal zurückkam, sagten Morelli und Momina zu mir, ich solle damit aufhören, man habe beschlossen, sich zu amüsieren, wir würden zusammen irgendwohin gehen und danach zu Morelli.

An diesem Abend wollte Morelli das Auto fahren, und wir schauten sogar bei der Weinmesse vorbei; er versuchte, uns zum Trinken zu bewegen, wie man es mit unerfahrenen jungen Mädchen macht, aber zuletzt trank er mehr als wir, und wie in einem Spiel zogen wir durch unzählige Lokale, stiegen aus und wieder ein, Pelzmantel aus, Pelzmantel an, ein Tanz und weiter geht's, so viele Gesichter kamen mir bekannt vor, irgendwann verloren wir Momina und fanden sie an der Tür des nächsten Saals wieder, wo sie sich lachend mit dem Portier unterhielt. Ich war überrascht, dass in Turin so viel los war. Momina legte mir gegenüber ihre abwesende Miene ab, lachte Morelli ins Gesicht und schlug sogar vor, eine Runde durch die Spelunken von Porta Palazzo zu machen, wo Rotwein getrunken wurde und ordinäre Huren verkehrten. »Wir sind hier nicht in Paris«, sagte Morelli, »geben wir uns mit diesen paar Päderasten zufrieden.« In einem Lokal unterhalb der Via Roma, neben der Piazzetta delle Chiese, tat Morelli so, als verhandele er mit dem Schlagzeuger über Kokain, sie waren dicke Freunde, wir tranken einen Cocktail, den sie uns ausgaben; der Schlagzeuger hatte angefangen, von der Zeit zu erzählen, als er im Königspalast gespielt hatte – »Seine Hoheit ... denn für mich ist er immer noch Seine Hoheit ...« –, und um ihn loszuwerden, tanzte ich mit Momina. Mit einer Frau zu tanzen widert mich an, aber ich wollte einen Verdacht zerstreuen, und da ist das immer noch der schnellste Weg. Niemand beachtete uns; Momina sprach mir beim Tanzen ins Ohr, umschlang mich erhitzt, rieb sich an mir und lachte und pustete mir ins Haar, aber mir schien nicht, dass sie mehr suchte; sie machte keine weitere Geste, sie war nur ein bisschen überdreht, betrunken. Zum Glück. Es wäre eine Unannehmlichkeit gewesen, die ich wirklich nicht wollte.

Und schließlich hielten wir vor Morellis Haus. Ein wenig schwankend geleitete er uns zum Lift und redete und redete auf uns ein. Als wir die Wohnung betraten, sagte er: »Mit diesem Geschwätz verlängert man das Leben ...

Ich bin froh, dass ich noch nicht alt bin, wenn ich alt wäre, würde ich die Gesellschaft kleiner Mädchen suchen … Ihr seid keine kleinen Mädchen, ihr seid echte Frauen … Lasterhaft, boshaft, aber Frauen … Mit euch kann man reden … Nein, nein, ich bin nicht alt …«

Lachend traten wir ein, und die Wohnung gefiel mir sofort. Sie war offensichtlich leer und sehr groß. Wir steuerten auf den Salon voller Azaleen und Teppiche zu, in dem große Sessel standen. Die breite Fensterfront zum Corso musste schön sein im Sommer.

Mit einem kugelförmigen Glas in der Hand schmiedeten wir Pläne. Momina fragte mich, ob ich ins Gebirge ginge. Morelli redete hartnäckig von Capri, von der Pineta in Fregene, und versuchte sich zu erinnern, ob er in diesem Jahr Geschäfte in Rom hatte, die einen Urlaub, irgendeine Reise rechtfertigen würden. Ich sagte, es sei doch seltsam, dass ausgerechnet die Männer so sehr auf den Schein achteten. »Wenn es nicht nach den Männern ginge«, sagte ich, »gäbe es in Italien längst die Scheidung.«

»Das ist gar nicht nötig«, bemerkte Momina gelassen, »mit seinem Mann kann man sich immer einigen.«

»Ich bewundere Clelia«, sagte Morelli, »die es nicht einmal probieren wollte …«

Dann stotterte er: »Hört zu, sollen wir uns nicht lieber duzen? Du, Momina, hast mich früher schon mal geduzt …«

»Nicht, dass ich wüsste, aber meinetwegen«, sagte Momina. »Es geht mich ja nichts an«, sagte sie und sah mich an, »aber wenn du heiraten würdest, würdest du dann Kinder kriegen wollen?«

»Hast du welche gekriegt?«, fragte ich lachend. »Die Leute heiraten doch deswegen.«

Aber sie lachte nicht. »Wer Kinder bekommt«, sagte sie und starrte in ihr Glas, »bejaht das Leben. Bejahst du das Leben?«

»Wenn einer lebt, bejaht er das Leben«, sagte ich, »oder? Kinder ändern daran nichts.«

»Du hast aber keine gekriegt …«, sagte sie, hob den Blick vom Glas und sah mich forschend an.

»Kinder bedeuten einen Haufen Ärger«, sagte Morelli, »trotzdem wollen die Frauen alle unbedingt welche.«

»Wir nicht«, sagte Momina heftig.

»Ich habe oft beobachtet, dass die, die keine Kinder wollten, sich dann um die der anderen kümmern müssen …«

»Das ist es nicht«, unterbrach ihn Momina. »Es geht darum, dass eine Frau, wenn sie ein Kind kriegt, nicht mehr sie selbst ist. Sie muss so viele Sachen akzeptieren, muss ja sagen. Und lohnt es sich, ja zu sagen?«

»Clelia will nicht ja sagen«, sagte Morelli.

Daraufhin sagte ich, dass es keinen Sinn habe, über diese Dinge zu diskutieren, denn alle hätten gern ein Kind, man könne aber nicht immer so, wie man gern wolle. Wer ein Kind wolle, solle es kriegen, zuvor aber bitteschön für eine Wohnung, für die nötigen Mittel sorgen, damit das Kind seine Mutter später nicht verfluchen müsse.

Momina, die sich eine Zigarette angezündet hatte, musterte mich mit halb geschlossenen Augen durch den Rauch. Sie fragte mich noch einmal, ob ich das Leben bejahte. Sie sagte, um ein Kind zu kriegen, müsse man es im Bauch tragen, wie eine Hündin werden, bluten und sterben – zu so vielen Dingen ja sagen. Das wolle sie wissen. Ob ich das Leben bejahte.

»Hört jetzt auf damit«, sagte Morelli. »Keine von euch beiden ist schwanger.«

Wir tranken noch ein bisschen Cognac. Morelli wollte uns Schallplatten vorspielen, er sagte, seine Haushälterin schlafe wie ein Stein. Aus dem oberen Stockwerk hörte man das Stampfen von Füßen und lautes Gepolter. »Sie feiern auch Karneval«, sagte er so ernst, dass ich lachen musste. Aber innerlich hatte mich diese Geschichte mit dem Ja-Sagen betroffen gemacht; Momina rauchte, ohne Schuhe in den Sessel gekauert, wir unterhielten uns über Dummheiten, sie musterte mich mit ihrer unzufriedenen Miene, wie eine Katze, und hörte zu; ich redete, aber innerlich ging es mir schlecht, sehr schlecht. Nie hatte ich auf diese Weise an die Dinge gedacht, die Momina gesagt hatte, alles bloß Worte, das wusste ich, »wir sind hier, um uns zu amüsieren«, aber es war doch wahr: Keine Kinder zu haben hieß, Angst vor dem Leben zu haben. Mir kam das Mädchen aus dem Hotel in ihrem himmelblauen Tüllkleid in den Sinn, und ich sagte mir: Wirst sehen, dass sie ein Kind erwartete. Ich war ein bisschen betrunken und müde, Morelli dagegen wurde mit fortschreitender Stunde immer jünger, lief im Zimmer herum, unterhielt uns, sprach von Frühstück. Als wir aufbrachen – er wollte um jeden Preis mitkommen –, fuhren sie mich mit dem Auto zum Hotel; und so sprachen wir vorerst nicht mehr über diese Dinge.

## X

An einem dieser Tage – es nieselte – musste ich vor dem Abend noch einmal in die Gegend der Consolata. Ich brauchte einen Elektriker, und irgendwie beeindruckte es mich, die alten Läden und die großen Haustore in den Gässchen wiederzusehen, die Namen zu lesen – delle Orfane, di Corte d'Appello, Tre Galline – und die Schilder wiederzuerkennen. Selbst das Straßenpflaster war unverändert. Ich hatte keinen Schirm, und unter den schmalen Himmelsstreifen zwischen den Dächern fand ich den Geruch der Mauern wieder. Niemand weiß, dass du diese Clelia bist, sagte ich mir. Ich traute mich nicht, stehen zu bleiben und die Nase an die alten Schaufenster zu drücken.

Doch auf dem Rückweg konnte ich mich nicht mehr beherrschen. Ich war in der Via Santa Chiara und erkannte die Ecke wieder, die vergitterten Fenster, die schmutzige, beschlagene Scheibe. Entschlossen trat ich über die schmale Schwelle, es klingelte wie damals, und als ich mit der Hand über meinen Pelzmantel fuhr, fühlte ich, dass er nass war. Die abgestandene Luft, die kleinen Regale mit den Musterknöpfen, der niedrige Ladentisch, der Wäschegeruch – alles noch genauso.

Es gab eine neue grüne Lampe, die die Registrierkasse beleuchtete. Im letzten Augenblick hoffte ich, das Geschäft sei verkauft worden, aber die magere Frau mit dem knochigen, verhärmten Gesicht, die sich hinter dem Ladentisch erhob, war unverkennbar Gisella. Ich glaube, ich wurde blass und wünschte mir, ebenfalls so gealtert zu sein. Gisella musterte mich argwöhnisch, mit der Andeutung eines einladenden Lächelns auf den schmalen Lippen. Sie war grau, aber ordentlich gekleidet.

Dann fragte sie in einem Ton, der uns früher beide zum Lachen gebracht hätte, ob ich etwas kaufen wolle. Ich antwortete mit einem Augenzwinkern. Sie verstand mich nicht und fing den gleichen Satz von vorne an. Ich unterbrach sie mit einer Handbewegung. »Ist es möglich?«, sagte ich.

Nach der ersten Freude und Überraschung, die nicht genügten, um ihr etwas Farbe zu verleihen (sie war hinter dem Ladentisch hervorgekommen, und wir hatten uns an die Tür gestellt, damit wir einander besser sehen konnten), unterhielten wir uns, feierten unser Wiedersehen, und sie beäugte neugierig meinen Pelz und meine Strümpfe, als wäre ich ihre Tochter. Ich erzählte ihr nicht alles, was ich gemacht hatte und warum ich in Turin war; ich ließ sie denken, was sie wollte, deutete kurz an, dass ich in Rom wohnte und arbeitete. Als wir beide noch Kinder waren, wurde Gisella sehr kurz gehalten, so dass sie sich bei mir beklagte, sie dürfe nicht einmal ins Kino gehen, und ich dann zu ihr sagte, sie solle trotzdem mitkommen.

Sie hatte mich schon gefragt, ob ich verheiratet sei, und auf mein ungeduldiges Achselzucken hin hatte sie geseufzt – ich weiß nicht, ob über mich oder über sich selbst. »Ich bin Witwe«, sagte sie zu mir, »Giulio ist gestorben.« Giulio war der Sohn der Kurzwarenhändlerin, einer Großtante, die das Waisenkind Gisella in ihrem Laden aufgezogen hatte, und schon zu meiner Zeit wusste man, dass die Alte sie zu ihrer Schwiegertochter machen wollte. Giulio war ein hoch aufgeschossener, schwindsüchtiger Junge, der anstelle eines Mantels oder Pullovers ein Cape trug und sich im Winter immer auf die Stufen vor dem Dom setzte, um sich zu sonnen. Gisella sprach nie über Giulio: Als Einzige wollte sie nicht glauben, dass seine Mutter sie im Haus hielt, um sie mit diesem kranken Sohn zu verheiraten, und sie sagte, er sei nicht krank. Gisella war damals flink, vernünftig – zu Hause wurde sie uns oft als Vorbild hingestellt.

»Und Carlotta?«, sagte ich. »Was macht sie? Tanzt sie immer noch?«

Doch Gisella sprach nun von ihrem Laden und stimmte das übliche Klagelied an – sie war froh, dass sie mich hatte und sich einmal aussprechen konnte. Mich beeindruckte der missgünstige Ton, in dem sie sagte, dass Carlotta ihren Weg gemacht habe – im Krieg sei sie Tänzerin in Deutschland gewesen, niemand habe sie je wiedergesehen. Dann kam sie auf den Laden zurück, auf den Aderlass, den Giulios Tod bedeutet habe – er war im Sanatorium gestorben, bis vor drei Jahren hatten sie noch an den Kosten zu tragen –, auf den Tod der Alten und die schlechten Zeiten noch vor dem Krieg. Ihre Töchter – zwei habe sie, Rosa und Lina, eine huste, sei anämisch, die andere nicht, fünfzehn Jahre alt, beide besuchten die Schule – seien eine große Belastung, das Leben sei teuer, und das Geschäft werfe nicht mehr so viel ab wie früher.

»Aber es geht euch gut, ihr habt noch diese Wohnung …«

Ein Elend, sagte sie, niemand bezahle mehr seine Miete: Sie habe die Leute jetzt hinausgesetzt und die Räume an ein Näherinnenatelier vermietet. »Das bringt mehr ein, wir haben uns verkleinert und leben oben.« Ich hob den Kopf, sah die beiden Zimmer oben wieder, die Stiege, die kleine Küche. Zu Zeiten der Alten war es gefährlich, diese Treppe hinaufzugehen, die Alte war immer im Weg, sie rief Gisella und ermahnte sie, nicht auf die Straße zu gehen. Mir fiel auf, dass Gisella sich jetzt genau wie die alte Besitzerin verhielt, seufzte, die Augen halb schloss; auch das gehässige Lächeln, mit dem sie meinen Pelz und meine Strümpfe musterte, zeigte eine Spur des Grolls, mit dem die Alte damals uns verurteilte.

Gisella rief nach den Töchtern. Ich wäre am liebsten gegangen. Das war meine gesamte Vergangenheit, unerträglich und doch so anders, so tot. Oftmals hatte ich mir in jenen Jahren gesagt – und auch später noch, wenn ich zurückdachte –, dass es mein Lebensziel war, Erfolg zu haben und jemand zu werden, um eines Tages in diese Gassen zurückzukommen, wo ich Kind gewesen war, und die Wärme, das Staunen, die Bewunderung der vertrauten Gesichter, der kleinen Leute zu genießen. Und es war mir gelungen, ich kam zurück; doch die Gesichter der kleinen Leute waren alle verschwunden. Carlotta war gegangen, und der Lange, Giulio, Pia, die alten Frauen. Auch Guido war fort. Wer blieb, wie Gisella, machte sich nichts mehr aus uns und damals. Maurizio sagt immer, man bekommt die Dinge dann, wenn man sie nicht mehr braucht.

Rosa war nicht da, sie war zu den Nachbarn gegangen. Aber Lina, die Gesunde, lief die Stiege hinunter, sprang in den Laden und blieb außerhalb des Lichtkegels stehen, wachsam und zurückhaltend. Sie trug ein Flanellkleid, nicht schlecht, und war gut entwickelt. Gisella sprach davon, mir einen Kaffee zu kochen, mich mit hinaufzunehmen; ich sagte, es sei besser, wir verließen den Laden nicht. In der Tat läutete die Klingel, ein Kunde trat ein.

»Tja«, sagte Gisella, als die Tür sich wieder geschlossen hatte, »damals, als wir Mädchen waren, haben wir gearbeitet ... Andere Zeiten. Die Tante verstand sich aufs Kommandieren ...«

Sie betrachtete Lina und verzog genüsslich das Gesicht. Ganz offensichtlich hatte Gisella die Rolle der Mutter gewählt, die sich zu Tode arbeitet und den Töchtern nicht erlaubt, sich die Hände schmutzig zu machen. Nicht einmal den Kaffee ließ sie Lina kochen. Sie lief selbst nach oben und setzte ihn auf. Ich wechselte ein paar Worte mit der Tochter – sie sah mich beifällig an – und fragte sie nach der Schwester. Unter Geklingel kam eine Frau herein, und Gisella rief von oben: »Ich komme gleich.«

Ich hatte ausdrücklich gesagt, dass ich auf der Durchreise in Turin sei und am nächsten Tag weiterführe: Ich wollte keine Verpflichtungen. Doch Gisella fragte nicht nach; sie brachte das Gespräch noch einmal auf die Alte, ließ mich vor der Tochter schildern, wie die Alte kommandiert und auch den Töchtern der anderen Ratschläge erteilt hatte. So kommt es immer. Unter dem Vorwand, sie aufzuziehen, ihr eine Wohnung und einen Ehemann zu geben, hatte die Alte Gisella zu ihrem zweiten Ich gemacht – und Gisella wirkte nun auf ihre Töchter ein. Ich dachte an meine Mutter, ob sie auch so war – ob es überhaupt möglich war, mit jemandem zu leben und ihm zu befehlen, ohne ihn nachhaltig zu prägen. Ich war rechtzeitig von meiner Mutter weggelaufen. Oder nicht? Mama hatte immer geknurrt, ein Mann, ein Ehemann sei eine armselige Angelegenheit, die Männer seien nicht böse, aber dumm – nun, da hatte ich ihr wohl doch gehorcht. Sogar mein Ehrgeiz, meine Manie, alles allein zu machen, mir selbst zu genügen, hatte ich das nicht von ihr?

Bevor ich aufbrach, erzählte Lina, wie es so ging, von einigen ihrer Klassenkameradinnen, und fand die Zeit, sie schlechtzumachen, sich zu fragen, wo die Familien die Mittel hernahmen, um ihre Töchter zur Schule zu schicken. Ich versuchte mich zu erinnern, wie ich in dem Alter war und was ich in einem solchen Fall gesagt hätte. Aber ich war ja nicht zur Schule gegangen, ich hatte nicht mit Mama Kaffee getrunken. Ich war sicher, dass Lina in Kürze hinter meinem Rücken mit ihrer Mutter über mich reden würde, so wie sie über die Schulkameradinnen redete.

## XI

Nur die Stunden, die ich in der Via Po verbrachte, schienen mir nicht vergeudet. Ich musste mich auch auf die Suche nach diesem und jenem machen; mit einigen Leuten traf ich mich im Hotel. Am Aschermittwoch waren Maurer und Anstreicher fertig: Es blieb die schwierigste Arbeit, die Einrichtung. Ich war drauf und dran, mich in den Zug zu setzen und alles neu zu diskutieren; am Telefon konnte man sich mit Rom nicht verständigen. »Wir vertrauen dir«, sagten sie, »mach nur«, und am nächsten Tag telegrafierten sie, ich solle ihr Schreiben abwarten. Der Innenarchitekt kam zum Abendessen zu mir ins Hotel: Er war gerade aus Rom zurückgekehrt und hatte eine Mappe voller Skizzen dabei. Doch er war jung und unentschieden; da er sich keine Blöße geben wollte, stimmte er mir zu: Wenn man sie von hier aus betrachtete, brachen die ganzen schönen Pläne Roms zusammen. Man musste das Licht unter den Bogengängen in Rechnung stellen und die anderen Geschäfte an der Piazza Castello und der Via Po berücksichtigen. Ich kam zu der Überzeugung, dass Morelli Recht hatte: Die Lage war unmöglich – so einen Standort wie in Rom gibt es nicht mehr, höchstens noch vor der Stadtmauer. In der Via Po gehen die Leute nur am Sonntag spazieren.

Dieser Architekt war rot, eigensinnig und behaart, ein Junge: Er sprach ständig von Villen in den Bergen; so zum Spaß skizzierte er mir den Entwurf eines Glashäuschens, wo man sich im Winter sonnen kann. Er erzählte mir, dass er viel unterwegs sei, genau wie ich; doch im Unterschied zu mir, die ich schon morgen ein Modell, das mir gefiel, selbst tragen könnte, wohnten in seinen Villen nur diese großen Tiere, die über die entsprechenden, fast immer gestohlenen Mittel verfügten. Ich brachte die Rede auf die Turiner Maler, auf diesen Loris. Er regte sich auf, wurde hitzig, sagte, die Anstreicher seien ihm lieber. »Ein Anstreicher kennt seine Farbe«, sagte er, »ein Anstreicher könnte, wenn er weiter lernt, morgen Fresken malen oder Mosaiken schaffen. Wer nicht damit begonnen hat, Wände zu weißen, hat keine Ahnung, was Dekoration heißt. Für wen malen denn diese Turiner Maler, und was malen sie? Sie haben kein Ambiente. Was sie machen, braucht niemand. Würden Sie ein Kleid entwerfen, das nicht zum Tragen, sondern zum Ausstellen unter Glas gedacht ist?«

Ich sagte ihm, dass sie nicht nur Bilder oder Figürchen machten, sondern auch eine Theateraufführung planten. Sie redeten viel darüber. Ich nannte einige Namen. »Schöne Bescherung«, unterbrach er mich sarkastisch, »schöne Bescherung. Was würden Sie sagen, wenn die Leute eine Modenschau auf die Beine stellen und Clelia Oitana dazu einladen würden?«

Dann scherzten wir weiter und kamen zu dem Schluss, wahre Künstler seien nur wir Schaufensterdekorateure, Architekten und Schneiderinnen. Es endete, wie ich es vorhergesehen hatte, damit, dass er mich einlud, mit ihm in die Berge zu fahren, um eine von ihm entworfene Hütte zu besichtigen. Ich fragte, ob er mir nichts Bequemeres vorschlagen könne. Etwa einen Palazzo in Turin. Er sah mich lachend an, mit nur einem Auge.

»Mein Büro ...«, sagte er.

Ich hatte genug von Ateliers, Büros und Geschwätz. Da war mir fast Becuccio mit seinem Lederarmband lieber. Der Architekt hieß Febo – das stand unter allen seinen Projekten. Ich lachte ihm ins Gesicht, genauso frech wie er, und schickte ihn wie einen vorlauten Jungen ins Bett.

Doch Febo war rot, eigensinnig und behaart, und er hatte offenbar beschlossen, ich sei sein Fall. Es gelang ihm, genau in Erfahrung zu bringen, wie ich zu Mariella, zu Nene und Momina stand, was es mit Morelli und seinem Cognac und meinem Besuch in Loris' Atelier auf sich hatte. Am nächsten Tag kam er und sagte, er wolle mich auf eine Ausstellung begleiten. Ich fragte, ob wir nicht besser die Gardinen aussuchen sollten. Er antwortete, der passendste Ort dafür sei die Ausstellung, man trinke einen Likör und studiere die Einrichtung: ein reines Vergnügen. Wir gingen hin, und schon im Treppenhaus hörte ich Nene lachen.

Die Räume waren eine Mischung aus Alpenstil und Jahrhundertwende-Bar. Bedient wurden wir von Mädchen in karierten Schürzen. Da auch die Sessel und Fayencen wie ausgestellt wirkten, fühlte man sich unwohl und kam sich vor wie in einem Schaufenster. Febo verriet nicht, ob er hier mit Hand angelegt hatte. An den Wänden sah man Bilder und kleine Statuen. Ich beachtete sie nicht. Ich beobachtete Nene, die, in ihrem gewohnten Kleidchen in einen Sessel gefläzt, lachte und lachte und mit den Beinen schlenkerte, während ein Kellner in Schwarz ihr von hinten Feuer gab. Momina war da, und andere Frauen und Mädchen. Vor Nene saß ein alter Mann mit Chinesenbart, der ihr Porträt skizzierte. An den Saaltüren schauten ab und zu Leute herein, nicht viele – das Publikum, das sich die Künstler anschaute.

Doch Nene bemerkte mich bald, kam herüber und fragte, ob ich ihre Arbeiten schon gesehen habe. Sie war fröhlich, aufgeregt, blies mir ihren Rauch ins Gesicht. Die dicken Lippen und die Ponyfransen ließen sie wirklich wie ein kleines Mädchen aussehen. Sie führte mich vor ihre Skulpturen – kleine, unförmige Aktfiguren, anscheinend aus Lehm. Ich betrachtete sie mit zur Seite geneigtem Kopf; ich dachte – sagte es aber nicht –, dass aus Nenes Bauch sehr wohl solche Kinder geboren werden könnten. Nene blickte mich gierig an, mit offenem Mund, als wäre ich ein schöner Jüngling; ich wartete, dass jemand etwas sagte, neigte den Kopf zur anderen Seite. Uns beiden den Arm um die Taille legend, sagte Febo: »Hier sind wir im Himmel oder unter der Erde. Da musste erst eine kleine Frau wie du kommen, Nene, um uns diese schrecklichen Dinge zu zeigen …«

Es entspann sich eine Diskussion, an der sich auch Momina beteiligte. Ich kümmerte mich nicht darum. Ich bin Maler gewöhnt. Ich betrachtete Nenes Gesicht, während sie stirnrunzelnd oder auffahrend den Worten der anderen folgte, als würde alles von ihnen abhängen. Hatte sie wirklich ihre Keckheit verloren, oder gehörte auch das zu ihrer Rolle? Am unglaublichsten von allen war Febo. Noch am Tag vorher hatte er Nene und ihresgleichen zum Teufel gewünscht.

Gut gelaunt wurde nun über sie gesprochen, und sie spielte das Kind, die Verwirrte. Schon vorher hatte es mich geärgert, dass sie mir ihre Figuren zeigen wollte. Konnte sie es nicht abwarten, dass ich sie mir von allein anschaute? Doch Nene pflegte ihren Ruf als ungezogenes, impulsives Mädchen. Vielleicht hatte sie Recht. Hier fehlte nur

Mariella, dachte ich. Was Becuccio wohl zu diesen Verrückten sagen würde?

Bei dem Gedanken an Becuccio musste ich lachen. Febo drehte sich plötzlich gut gelaunt zu mir um, kam herüber und hauchte an meiner Wange: »Clelia, Sie sind ein Schatz. Wetten, dass Sie besser sind im Kinderkriegen?«

»Ich dachte, Sie meinten es ernst vorhin«, erwiderte ich. »Die Ehrlichste hier drin ist immer noch Nene …«

»Diese aus dem Bauch kommende Kunst hat mir Appetit gemacht«, flüsterte er. »Sollen wir eine Bratwurst essen?«

Während wir Grappa tranken und Bratwurst aßen, sprach man wieder vom Gebirge. Sogar der alte Maler mit dem Bärtchen war ein kundiger Bergsteiger. Sie verabredeten einen Ausflug zu der Berghütte, teilten sich die Aufgaben, bis morgen musste man noch überall herumtelefonieren.

»Fahrt nur«, sagte Momina. »Ich komme nicht mit zur Hütte. Clelia und ich machen unterwegs halt … Schon mal in Montalto gewesen?«

## XII

Wir hielten mit dem Topolino vor einer Villa am Fuß der Berge. Wir beide waren allein. Die anderen Autos fuhren weiter, sie würden in Saint-Vincent auf uns warten. Die wenigen Tage schönes Wetter hatten genügt, um die Pflänzchen in den Gewächshäusern zum Blühen zu bringen, aber die Bäume im Garten waren noch kahl. Ich hatte keine Zeit, mich umzusehen, denn Momina rief: »Hier sind wir!«

Diesmal trug Rosetta nicht das hellblaue Kleid. Sie kam uns in Rock und Tennisschuhen entgegen, das Haar mit einem Band zusammengehalten, als wären wir am Meer. Sie drückte mir kräftig die Hand, die andere reichte sie Momina, aber sie lächelte nicht: Ihre Augen blickten grau und forschend.

Auch die Mutter tauchte auf, schlurfend, fett und asthmatisch, im Samtkleid.

»Rosetta«, rief Momina, »du kannst zurückkommen. Die Bälle in Turin sind vorbei …«

Sie informierte sie über die Freunde, den Ausflug, die Gruppe. Mich wunderte, dass Rosetta auf den scherzhaften Ton einging und genau wie Momina ganz unbefangen sprach; ich fragte mich, ob ich sie wirklich dort auf der Trage gesehen hatte – wie lange war das her, fünfzehn Tage, zwanzig? Doch vielleicht redete Momina so daher, um ihr zu helfen, um ihre und unsere Verlegenheit zu überspielen. Sie mussten einander gut kennen.

Wer erschrockene und wässrige Augen hatte, war die Mutter, die Ärmste, die in Mominas Beisein unruhig wurde und mich besorgt ansah. Sie war so unbeholfen, dass sie über das Leben auf dem Land klagte, über die Beschwerlichkeit, außerhalb der Saison in der Villa zu wohnen. Doch Rosetta und Momina sprachen ihr keinen Mut zu. Zuletzt lachte Momina ihr ins Gesicht. »Dieser böse Papa«, rief sie, »euch so gefangen zu halten. Wir müssen ausbrechen, Rosetta. Einverstanden?«

»Mir ist's recht«, sagte Rosetta halblaut.

Die Mutter fürchtete, es könne ihr nicht guttun. »Du hast keine Skier, du hast nichts«, sagte sie. »Papa weiß nicht …«

»Wer redet denn von Skiern?«, sagte Momina. »Das sollen diese Verrückten machen. Wir fahren nach Saint-Vincent. Auch Clelia ist nicht zum Skifahren mitgekommen …«

Aber erst wollte die Mutter uns noch Tee servieren, Thermosflaschen bereiten, uns ausrüsten. Rosetta war schon losgelaufen, um sich anzuziehen und keine Zeit zu verlieren.

Als wir mit der Mutter allein waren, flüsterte Momina auf der Treppenstufe: »Wie geht es ihr?«

Die Mutter drehte sich um, die Faust an der Wange. Ich sah sie wieder vor mir, wie sie in ihrem Pelzmantel den Hotelflur entlanglief. »Um Himmels willen«, stotterte sie, »dass nur nichts passiert …«

»Ihr müsst zurückkommen«, fiel ihr Momina ins Wort. »Sie darf sich nicht verstecken. Die Freundinnen in Turin ziehen schon über sie her …«

Quer durch die Berge gelangten wir nach Saint-Vincent. Auch hier schien die Sonne auf den Schnee, und es wuchs kaum etwas. Ich staunte, wie viele Autos auf dem Parkplatz des Kasinos standen.

»Sind Sie noch nie hier gewesen?«, fragte mich Rosetta über meine Schulter. Sie hatte unbedingt hinten sitzen wollen in ihrem Pelzjäckchen, und sie und Momina hatten während der Fahrt gesprochen, ohne sich anzusehen.

»Es ist bequem«, sagte ich. »Nur drei Autostunden.«

»Spielen Sie?«

»Ich glaube nicht an das Glück.«

»Was gibt es sonst im Leben«, sagte Momina und bremste. »Die Leute träumen von einem Auto, um damit herzukommen und sich ein Auto zu verdienen, das sie dann brauchen, um wiederzukommen ... Das ist der Lauf der Welt.«

Sie sprach in einem endgültigen Ton, der in meinen Ohren spöttisch klang. Doch weder die eine noch die andere lachte. Wir stiegen aus.

Unsere Freunde hatten sich zum Glück schon längst über die Spielsäle verteilt, und wir drei konnten uns allein an die Bar setzen. Es war voll und schwül wie im Treibhaus. Rosetta nahm eine Orangenlimonade, nippte schweigend daran und sah uns an. Ihre tief liegenden grauen Augen lachten wenig. In ihrem gelben Pullover und den aufgerollten Kniestrümpfen wirkte sie wie ein ruhiges, sportliches Mädchen. Wer außer Pegi und den Mädchen noch dabei sei, fragte sie.

Das Gespräch drehte sich nun um die Freundinnen und die letzten Ereignisse in Turin. Irgendwann sagte Momina, die Aufführung stehe noch in den Sternen (sie rauchte mit halb geschlossenen Augen). »Wieso?«, fragte Rosetta kalt.

»Sie wollen dir nicht zu nahe treten ...«, deutete Momina an. »... Du weißt ja, das Stück geht schlimm aus ...«

»Quatsch«, erwiderte Rosetta kurz angebunden. »Was hat das damit zu tun?«

»Weißt du, wer sich für das alte Stück stark macht?«, sagte Momina. »… Mariella. Mariella möchte es unbedingt aufführen und sieht es nicht als Anspielung. Sie sagt, dir sei es egal …«

Rosetta warf mir einen raschen Blick zu. Ich stand auf und sagte: »Entschuldigt mich, ich gehe zur Toilette.«

Beide sahen mich an, Momina mit amüsiertem Gesichtsausdruck.

Ich hatte das Gefühl, etwas gesagt zu haben, was sich nicht gehört. Während ich durch die Gänge lief, sagte ich mir zur Beruhigung: Dumme Gans, so lernst du, eine andere sein zu wollen. Ich glaube, ich war sogar rot geworden.

Ich blieb vor einem Spiegel stehen und erkannte Febo, der aus einem Spielsaal trat. Ich wandte mich nicht um, bis er wieder hineingegangen war.

Als ich zurückkam, sagte ich: »Entschuldigung.« Und Rosetta, mit ruhigen Augen: »Aber Sie können doch bleiben. Sie stören uns keineswegs. Ich schäme mich nicht für das, was ich getan habe.«

Momina sagte: »Du hast Rosetta ja in der Nacht gesehen. Sag uns, wie es war. Es waren nicht die Zimmerkellner, die sie entkleidet haben, hoffe ich?«

Rosetta schnitt eine Grimasse, als versuchte sie zu lachen. Auch sie errötete. Sie merkte es, und ihre Augen wurden härter, während sie mich fixierte.

Ich sagte irgendetwas, ich weiß nicht, dass die Mutter und ein Arzt um sie herumstanden. »Nein, nein, wie Rosetta war«, sagte Momina verbissen. »Welchen Eindruck hat sie auf eine Fremde gemacht? Zu der Zeit warst du eine Fremde. War sie hässlich, entstellt, eine andere? Wie sind wir im Tod? Eigentlich wollte sie nur das wissen.«

Sie mussten einander gut kennen, um so zu reden. Rosetta sah mich aus der Tiefe ihrer Augen aufmerksam an. Ich sagte, es sei nur ganz kurz gewesen, doch sei mir ihr Gesicht aufgedunsen vorgekommen, sie habe ihr hellblaues Abendkleid angehabt, aber keine Schuhe. Dessen sei ich mir sicher. Sie sei so tadellos und kaum entstellt gewesen, dass ich unter die Trage geschaut hätte, ob Blut heruntertropfte. Es habe wie ein Unfall ausgesehen, ein gewöhnlicher Unfall. Im Grunde sei jemand, der ohnmächtig ist, wie jemand, der schläft.

Rosetta atmete heftig, sie versuchte, nicht zu lächeln. Momina fragte: »Um wie viel Uhr hattest du das Schlafmittel genommen?«

Doch Rosetta gab keine Antwort. Sie zuckte die Schultern, blickte sich um und fragte dann leise, zögernd: »Haben Sie wirklich geglaubt, ich hätte mich erschossen?«

»Wenn du es tatsächlich gewollt hättest, wäre Erschießen sicherer gewesen. Pech gehabt.«

Rosetta sah mich aus der Tiefe ihrer Augen eingeschüchtert an – in dem Moment schien sie mir eine andere zu sein – und flüsterte: »Hinterher geht es einem schlechter als vorher. Das ist das Erschreckende.«

## XIII

Es blieb keine Zeit mehr, darüber zu sprechen. Die Mädchen sahen uns, umringten uns, und die Gesichter weiterer gemeinsamer Bekannten tauchten auf, sogar jemand aus meinem Hotel. Da sie jetzt wussten, dass wir in der Bar saßen, erschienen Febo, Nene und dieser Pegi, die schamlos spielten und verloren, mehrmals, um ein Gläschen nach dem anderen zu kippen. Zuletzt stritten sich Nene und der junge Pegi halb betrunken so laut, dass der alte Maler und Momina dazwischentraten und zum Aufbruch mahnten. »Wir kommen auch mit«, sagte Momina.

Ich schlenderte unterdessen durch die Säle, doch die vielen sich um die Spieltische drängenden Leute gingen mir auf die Nerven. An den Wänden hingen große Gemälde, Landschaften und nackte Frauen, als sollte damit gesagt werden, das Ziel aller Spieler sei, es sich gut gehen zu lassen und nackte Frauen im Pelzmantel auszuhalten. Ärgerlicherweise muss man aber zugeben, dass tatsächlich alles darauf hinausläuft und dass die Spieler Recht haben. Alle haben sie Recht, auch die, die davon leben, auch die heruntergekommenen alten Frauen, die gierig auf die Einsätze der anderen starren. Beim Spiel gibt es wenigstens keinen Unterschied – aus gutem oder schlechtem Hause, Huren, Taschendiebe, Dummköpfe oder Schlaumeier, alle wollen sie das Gleiche.

Irgendwann warf sich Nene verzweifelt auf einen Stuhl und schrie: »Bringt mich weg, bringt mich weg.« Daraufhin gingen wir zum Parkplatz und luden die anderen in ihr Auto. Erst jetzt bemerkte Nene Rosetta, begann nach ihr zu rufen und wollte sie küssen. Rosetta machte dem Getue ein Ende, indem sie ihr zuvorkommend durchs Autofenster Feuer gab.

Sie fuhren los. Nun waren wir dran. Doch als wir uns anschauten, mussten wir lachen. »Fahren wir zum Abendessen nach Ivrea«, sagte Momina erleichtert, »und dann zurück nach Montalto.«

Wir gingen noch einmal hinein, um einen letzten Blick in die Säle zu werfen. Momina sagte, jetzt, da die Unglücksraben fort seien, wolle sie sich den Ausflug verdienen. »Bleib neben mir«, sagte sie zu Rosetta, »du bist ein Glücksbringer, bist wie der Strick des Erhängten.« Ganz ernst traten sie an einen Tisch. Ich schaute zu. Im Handumdrehen verlor Momina zehntausend Lire. »Versuch du es«, sagte sie zu Rosetta. Rosetta verlor weitere fünftausend. »Gehen wir in die Bar«, sagte Momina.

Es ist so weit, dachte ich, so fängt es an. »Hört zu«, sagte ich und trank meinen Kaffee, »ich lade euch zum Abendessen ein, aber hört jetzt auf.«

»Leih mir noch tausend Lire«, sagte Momina.

»Gehen wir«, sagte Rosetta, »das bringt doch nichts.«

Ich gab ihr die tausend Lire, und weg waren sie. Während Momina in der Garderobe über ihr Pech nachgrübelte und wir in unsere Pelze schlüpften, erschien plötzlich dieser Dickkopf von Febo.

»Wohin des Wegs, die schönen Damen?«, grinste er.

Er war nicht mitgefahren. Niemand hatte an ihn gedacht. Er war im Saal gewesen, während wir gespielt hatten. »Aha«, sagte Momina, »Sie sind schuld! Gehen Sie, gehen Sie …«

Stattdessen quetschten wir uns zu viert in den Topolino. Febo ließ sich einfach nicht abschütteln, sondern machte giftige Scherze über das gemeinsame Pech. »Ihr schuldet mir eine Entschädigung«, sagte er. »Diese Nacht verbringen wir zusammen.«

Febo war auch in Ivrea zu Hause und führte uns in eine Kutscherkneipe. »Schön«, sagte Momina beim Eintreten. Wir gingen in eine Art Hinterzimmer, in dem ein großer, glühend heißer Terrakotta-Ofen stand, und der Wirt, ein vierschrötiger Kerl mit Schürze und Haaren in den Ohren, scharwenzelte um uns herum und half uns ehrerbietig aus den Mänteln. »Obacht«, sagte Febo.

Ich sah Rosetta an, die ihre Leopardenjacke auszog. »Eure ganzen Pelze zusammen sind nicht ein Härchen dieses Mannes wert«, flüsterte Febo.

»Unser Ingenieur kann auch nicht klagen«, sagte Momina.

»Ich bin nicht der Einzige«, erwiderte er. »Was haltet ihr von Loris, der nichts mehr sieht vor lauter Haaren? ... Wieso ist er eigentlich nicht mitgekommen?«

Momina drehte sich zu Rosetta um: »Früher gefiel dir Loris. Er war so witzig.«

»Meiner Ansicht nach«, sagte Febo, »sind Körperhaare etwas Großartiges. Könnt ihr mir sagen, was Loris täte, wenn er nichts als das Laster hätte? Er hätte schon längst seinen Beruf aufgeben müssen. So dagegen kann er ungestraft weitermachen ...«

»Das ist nicht witzig«, sagte Rosetta halblaut. »Weder witzig noch großmütig. Früher wart ihr Freunde.«

»Rosetta soll trinken, gebt ihr zu trinken«, grölte Febo.

»Dann erzählt sie uns von damals, als alle mit allen befreundet waren.«

Wir aßen, wie man in solchen Lokalen isst, und tranken ebenso viel. Der Wirt empfahl uns geheimnisvolle alte Weine aus der Gegend; er und Febo zwinkerten sich zu; nach jedem Gang erkundigte er sich, ob es uns geschmeckt habe. Sogar Rosetta blühte auf und scherzte; von Loris war nicht mehr die Rede. Vielmehr lästerten wir über die Ausflügler, die um diese Zeit in der von Febo entworfenen Hütte kaltes Büchsenfleisch zu sich nahmen, und Febo sagte mit vollem Mund: »Wenigstens essen sie in einer geschmackvollen Umgebung.«

»Wenn doch Morelli bei uns wäre«, sagte Momina. »Solche Sachen gefallen ihm.«

»Wer ist Morelli?«, fragte Rosetta.

»Ein alter Herr, mit dem Clelia bekannt ist«, sagte Momina fröhlich. »Aber ja, du kennst ihn ...«

»Also bitte«, rief Febo, »die Schönsten sind alle nicht da. Nehmt, wen ihr habt.«

Es wurde Zeit, das Lokal zu schließen, und der Wirt komplimentierte uns lächelnd hinaus. Gut daran war, dass wir es Febo überließen, ihn mit Worten zu bezahlen. Ich wollte das übernehmen, doch Momina sagte: »Kommt nicht in Frage. Der kostet uns sowieso schon zu viel Geld.«

Wir brachten Rosetta nach Montalto. Ihre Mutter war noch auf und wartete. Sie empfing uns in Tränen, und während Febo mich ständig wieder ins Auto zog, verhandelte Momina draußen mit ihr und ließ sich versprechen, dass sie am nächsten Tag nach Turin zurückkehren würden. Ich verabschiedete mich von Rosetta, die mir mit einem störrischen, dankbaren Blick durch die offene Tür die Hand gab. Wir fuhren weiter.

»Warum«, sagte Febo, den Kopf zwischen unseren Schultern vorstreckend, »warum haben sie uns nicht eingeladen, in der Villa zu schlafen?«

»Zu viele Frauen für einen einzigen Mann«, sagte Momina.

»Geizkrägen«, sagte er. »Bleiben wir wenigstens in Ivrea. Ich kenne ein Hotel …«

Ich hätte es nicht erwartet, aber Momina ging darauf ein. »Morgen fahren wir noch mal nach Montalto«, sagte sie zu mir. »Wenn wir auf die Hütte gefahren wären, hätten wir ja auch übernachtet, nicht wahr?«

Als die Zimmerverteilung anstand, sagte Febo: »Schade, dass sie uns keines zu dritt geben.«

»Mir und Clelia geben sie eins«, sagte Momina.

Doch kaum hatten wir die Pelzmäntel abgelegt und die Hände gewaschen (Momina hatte in der Handtasche Creme und Parfüm dabei), öffnete sich die Tür und Febo kam mit einem Schnapstablett herein.

»Zimmerservice«, sagte er. »Ein Geschenk des Hauses.«

»Stellen Sie's dort hin«, sagte Momina. »Gute Nacht.«

Es war nicht möglich, ihn wegzujagen. Nach einer Weile setzte Momina sich aufs Bett, ich streckte mich auf der anderen Seite aus und wickelte mich in die Decken. Febo saß neben Momina und plauderte. Sie unterhielten sich über Frauen, über Turiner Lokale. Sie lästerten wie wild, mit einer Freizügigkeit, die seltsam anmutete zwischen zwei Menschen, die sich noch siezten und sich tags zuvor noch gar nicht gekannt hatten. Lauthals lachend hatte Febo sich schon mehrmals hintenüber aufs Bett fallen lassen, und schließlich blieb er liegen. Auch Momina neben ihm streckte sich aus. Resigniert nickte ich mehrmals ein, und immer, wenn ich aus dem Schlaf hochfuhr, sah ich sie wieder da liegen und tuscheln. Dann merkte ich, dass sie in dieselbe Decke gewickelt waren. An einem gewissen Punkt, als Febo sich plötzlich aufbäumte, wollte ich ihnen einen Tritt versetzen, der aber von den Decken abgefangen wurde. Da setzte ich mich im Bett auf und fing an zu rauchen. Momina war ins Bad gelaufen, Febo reichte mir zerzaust ein Gläschen aus der fast leeren Flasche.

Dann fiel er wie der Teufel über mich her und riss die Decken weg. Er bewegte sich nur wenig, und es war gleich vorbei. Momina war noch nicht zurück, da stand Febo bereits neben dem Bett, mit gestäubten Haaren, wie ein Hund, und rieb sich den Kopf. »Lassen Sie uns jetzt schlafen?«, brummte ich.

Als er gegangen war, zog ich mein Kleid aus (sonst nichts) und wickelte mich wieder in die Decke. Ich schlief ein, bevor Momina zurückkehrte.

# XIV

Am Morgen saß ich schon beim Kaffee, als Momina herunterkam. Das Gesicht zwischen den kurzen Haaren tief ins Kissen gedrückt und mit bloßem Rücken, wie an dem Abend, an dem ich sie zum ersten Mal sah, hatte ich sie im Zimmer zurückgelassen. Nun trat sie ordentlich zurechtgemacht vor mich hin, aber ihre Augen waren dunkel. Sie setzte sich lächelnd, legte die Handtasche ab und sagte leise: »Schon so früh auf?«

Sie nahm einen Kaffee und schaute mich an. »Wollen wir gehen?«, fragte sie, die Tasse abstellend.

»Zahlen wir nicht besser vorher?«

»Das wäre nett, aber ist das unser Problem?« Sie musterte mich distanziert. »So kann er beim Aufwachen gleich an uns denken. Der Schlingel.«

Also gingen wir. Sie sagte nichts mehr. In der Garage stiegen wir ins Auto und waren sofort auf dem offenen Land.

»Für die Molas ist es noch zu früh. Schnappen wir ein bisschen frische Luft. Kennst du das Canavese?«

So durchstreiften wir das Canavese, das ganz in Nebelbänke gehüllt war, und fuhren durch zwei oder drei Dörfer.

Auf die Straße achtend, sagte Momina plötzlich: »Sympathisch, Rosetta, nicht wahr?«

»Was ist das für eine Geschichte mit Loris?«

»Vor einem Jahr«, sagte Momina, »als Rosetta gemalt hat. Sie hat Unterricht bei ihm genommen. Dann hat sie aufgehört. Ständig hatten sie Loris im Haus ... Du weißt ja, wie er ist.«

»Wie der Freund von heute Nacht«, sagte ich.

Momina lächelte. »Nicht direkt.«

»Er ist doch nicht ...«, sagte ich auf einmal und hielt inne.

»Was?«, rief Momina und sah mich fragend an. »Was ... Aber nein. Uralte Geschichten. Das wüsste ich.«

»Ein schwieriges Mädchen ... Stell dir vor, ihr wäre so ein Scherz passiert wie heute Nacht.«

»Sie ist aber allein ins Hotel gegangen«, sagte Momina. »Das hat sie mir erzählt. Und mir macht sie nichts vor. Nur Adele sieht immer überall Liebe ... Rosetta versteht diese Dinge.«

»Und warum hat sie sich dann vergiftet?«, fragte ich. »In ihrem Alter?«

»Nicht aus Liebe, da bin ich sicher«, sagte Momina stirnrunzelnd. »Sie führt das Leben, das ich auch geführt habe, das alle Mädchen führen ... Wir wissen genau, was ein Schwanz ist ...«

Sie schwieg eine Weile, auf die Straße konzentriert.

»Ich weiß nicht«, sagte ich, »er richtet doch eine Menge Unheil an. Es wäre besser, es gäbe ihn nicht.«

»Mag sein«, plapperte Momina. »Aber mir würde was fehlen. Dir nicht? Stell dir vor, alle reizend und wohlerzogen, alle anständig. Es gäbe keine Augenblicke der Wahrheit mehr. Keiner wäre mehr gezwungen, aus seinem Bau herauszukommen und sich zu zeigen, wie er ist – hässlich und schweinisch, wie er ist. Wie wolltest du dann die Männer kennenlernen?«

»Ich dachte, du hast deinen Spaß mit ihnen.« Das sagte

ich und stutzte. Ich begriff, dass es töricht war. Ich begriff, dass Momina schlimmer war als ich und über diese Dinge lachte.

Doch sie lachte nicht. Sie stieß einen Pfiff aus, einen leisen Pfiff der Verachtung. »Wollen wir umkehren?«, fragte sie.

Das Brummen des Motors schläferte mich ein, und ich dachte an die Nacht, an Febos rote Härchen. Der feine Nebel unter der Sonne gab mir ein Gefühl von Frische, und auf einmal stand mir der gekachelte Milchladen vor Augen, in den ich so oft allein gegangen war, bevor ich ins Schneideratelier hastete, während Guido satt in meinem Bett schlief.

»Was glaubst du denn, warum Rosetta es getan hat?«, fragte Momina plötzlich.

»Keine Ahnung«, sagte ich. »Kann sein, dass ...«

»Man bekommt es nicht heraus«, unterbrach sie mich brüsk. »Sie schaut dich mit diesen erschreckten Augen an ... verteidigt sich ... Sie hat nie mit uns darüber gesprochen. Du weißt, was ich meine ...«

Als wir in Montalto eintrafen, waren die Fensterläden noch geschlossen, aber frisches Sonnenlicht erfüllte den Garten. Momina, die mir gerade schilderte, wie heftig sie manchmal der Ekel packte – nicht der Widerwille gegen dieses oder jenes, einen Abend oder eine Jahreszeit, sondern der Abscheu vor dem Leben, vor allem und allen, vor der Zeit, die so rast und dennoch nie vergeht –, Momina steckte sich eine Zigarette an und hupte.

»Wir kommen darauf zurück«, sagte sie lachend.

Der Gärtner öffnete uns das Tor. Wir fuhren über den

Kies. Als wir vor den Stufen ausstiegen, erschien die Mutter verängstigt in der Tür.

»Das Ganze hat keinen Sinn«, sagte Momina noch.

Im Konvoi fuhren wir nach Turin zurück, Rosetta mit uns, ihre Mutter mit dem Dienstmädchen und dem Chauffeur in der großen Limousine, die extra aus Turin gekommen war. Den ganzen Morgen, während wir auf den Wagen warteten, durchstreiften wir die Villa und den Garten, plauderten und betrachteten die Berge. Einmal blieb ich mit Rosetta allein; sie führte mich hinauf auf eine Terrasse, wohin sie sich, wie sie sagte, als Kind oft stundenlang zurückgezogen hatte, um zu lesen und in die Baumwipfel zu schauen. Dort unten lag Turin, erzählte sie, und an den Sommerabenden dachte sie in ihrem Schlupfwinkel an die Dörfer am Meer, in denen sie gewesen war, an Turin, an den Winter, an die neuen Gesichter, denen sie eines Tages begegnen würde.

»Häufig täuschen sie einen«, sagte ich, »finden Sie nicht?«

Sie erwiderte: »Man muss ihnen bloß in die Augen schauen. Die Augen sagen alles.«

»Es gibt auch noch eine andere Möglichkeit«, antwortete ich, »zusammen arbeiten. Bei der Arbeit verraten sich die Leute. Bei der Arbeit zu täuschen ist schwierig.«

»Welche Arbeit?«, fragte sie.

So fuhren wir Richtung Turin, und ich dachte, dass weder sie noch Momina wussten, was Arbeit ist, sie hatten sich nie ihr Abendessen verdient, ihre Strümpfe, die Reisen, die sie gemacht hatten und machten. Ich dachte daran, wie die Welt ist, dass wir doch alle arbeiten, um nicht mehr zu arbeiten, wenn aber jemand nicht arbeitet, ärgert es uns. Ich dachte an die alte Mola, die Signora, die ihre Aufgabe darin gefunden hatte, sich über ihre Tochter aufzuregen, ihr hinterherzulaufen, es ihr an nichts fehlen zu lassen, und die Tochter vergalt es ihr mit Angst und Schrecken. Gisella und ihre Töchter fielen mir wieder ein; das Lädchen, »wir haben uns verkleinert«, und alles, damit die Töchter im Nichtstun aufwuchsen, in Samt und Seide. Ich wurde böse. Sah Febos Gesicht wieder vor mir. Dann dachte ich an die Via Po.

Vor dem Abend ging ich noch dort vorbei, nachdem ich im Hotel ein Bad genommen hatte. Niemand hatte nach mir gefragt, auch Morelli nicht. Auf dem Tischchen stand jedoch ein Fliederstrauß mit einem Telegramm von Maurizio. Das auch noch, dachte ich. Da ich den ganzen Tag nichts tat, hatte ich Zeit, an diese Dinge zu denken. Genau einen Monat war ich nun aus Rom fort.

Ich traf Becuccio, der die Ankunft der Kristallwaren überwachte. Er hatte nicht mehr die graugrüne Hose und den Pullover an, sondern eine Windjacke mit gelbem Schal. Das Armband trug er immer noch. Sein Lockenkopf und die weißen Zähne übten eine sonderbare Wirkung auf mich aus. Während ich sprach, war ich beinahe versucht, die Hand auszustrecken und sein Ohr zu berühren. Das ist die Bergluft, dachte ich erschrocken.

Stattdessen machte ich ihm kühl eine Szene wegen der verspäteten Lieferungen. »Der Architekt ...«, setzte er an. »Der Architekt hat damit nichts zu tun«, erwiderte ich kurz angebunden. »Der Punkt ist, dass ihr hinter den Lieferanten her sein müsst ...«

Gemeinsam kontrollierten wir die Kristallsachen, und es gefiel mir, wie seine großen Hände im Stroh nach den

Konsolen, den irisierenden Aufsätzen tasteten. In dem frisch geweißten Raum funkelten diese Glasgegenstände unter der nackten Glühbirne wie der Regen im Scheinwerferlicht. Wir betrachteten sie im Gegenlicht, und Becuccio sagte: »Sieht aus, wie wenn man Schienen durchtrennt.« Er hatte – lange her – als Hilfsarbeiter in der Nachtschicht des Straßenbahndienstes gearbeitet. Auf einmal fühlte ich mich im Stroh bei der Hand genommen. Ich sagte, er solle aufpassen: »Diese Ware ist kostbar.« Er antwortete: »Ich weiß.«

»Lassen wir das«, sagte ich zu ihm, »packen wir die Kisten zu Ende aus.«

## XV

Hörte man die aus Rom, sollte das Geschäft Mitte März fertig sein, dabei fehlten im ersten Stock noch die Gewölbe. Mit Febo zu arbeiten wurde schwierig; er sagte andauernd, dass die in Rom keine Ahnung hätten, und wenn ich mich nicht durchsetzen könne, er könne es. Er war mit scheinheiliger Miene aus Ivrea zurückgekehrt; zwar ging er nicht so weit, von der Hotelrechnung zu sprechen, aber er duzte mich. Ich sagte ihm, in Rom würde ich Befehle entgegennehmen, aber in Turin gäbe ich sie, und wie viel er für seine Mühe verlange. Ich schaffte es, ohne die Stimme zu erheben. Am nächsten Tag kam ein Blumenstrauß, den ich Mariuccia schenkte.

Aber Rom machte Ärger. In einem langen nächtlichen Telefonat teilten sie mir Folgendes mit: Geschäft und Vitrinen blieben gleich, aber die Anprobesalons und der große Salon im ersten Stock würden umgestaltet, bekämen Namen und einen eigenen Stil. Man müsse Spiegel, Stoffe, Lampen, Drucke auftreiben, ob barock oder was, wüssten sie noch nicht. Ich müsse mit dem Architekten sprechen, Pläne und Fotos machen, jemanden nach Rom schicken. Alles stoppen. Auch die Teppiche und die Gardinen.

»Bis zum Fünfzehnten?«, fragte ich.

Es sei keine Frage der Zeit. Je früher, desto besser, selbstverständlich. Jedenfalls bis Monatsende.

»Zu kurz«, sagte ich.

»Schicken Sie den Architekten her.«

Ich schickte nicht ihn, sondern fuhr selbst. Am nächsten Abend, ich hatte zu Hause gebadet und die Räume gelüftet, ging ich über das gewohnte Pflaster. Es folgten zwei höllische Schirokkotage, an denen ich die üblichen gelangweilten Gesichter wiedersah und man nie zum Kern der Sache vordrang. Das war Rom, ich wusste es. Mitten in einer Diskussion kam irgendeiner, irgendeine herein, fing an zu reden, man ereiferte sich, sagte: »Das muss man berücksichtigen.« Immer fehlte jemand, der, der begonnen hatte. Madame war nahe dran, auch Febo herzubestellen, dann ließ sie die Idee wieder fallen. Das ungestörteste Gespräch führten wir bei Tisch im Columbia, während die anderen tanzten. Sie ließ sich nicht überreden, dass man doch ebenso gut erst im Mai mit den Sommermodellen eröffnen könne, aber ich machte mir eine Vorstellung davon, was ihnen vorschwebte. Irgendjemand hatte gesagt, Turin sei eine so schwierige Stadt. Ich erklärte, dass es auch in Turin Grenzen gebe.

Auch Maurizo irritierte mein Überraschungsbesuch. Er hielt es für seine Pflicht, auf mich zu warten, mir beizustehen, hinter mir herzulaufen. Ostentativ sprach er nicht über Turin mit mir. Ich sprach nicht über Morelli mit ihm. Ich merkte, dass ich in Rom viel einsamer war, wenn ich durch die Straßen lief oder zu Gigi zum Kaffeetrinken ging, als in Turin in meinem Hotelbett oder in der Via Po. Am letzten Abend kehrten wir spät heim in einem Wind, der die Straßenlaternen schwanken ließ und an den Fensterläden rüttelte. Ich sagte Maurizio nicht, dass aus bestimmten Andeutungen und Schweigepausen Madames herauszuhören war, dass sie mir wahrscheinlich Turin anvertrauen würden und ich ganz dort bleiben müsse. Ich sagte ihm, er solle am nächsten Morgen im Bett bleiben und nicht zum Bahnhof kommen.

In Turin nieselte es. Alles war frisch, melancholisch und neblig; wäre es nicht März gewesen, hätte ich gesagt, November. Als Febo erfuhr, das ich gerade aus Rom zurückkam, fing er sofort wieder an, über seiner Zigarette zu grinsen, so dass er sich am Rauch verschluckte, aber er war nicht allzu selbstsicher. Als ich ihm die Sache mit dem Barock erzählte, sah er mich belustigt an.

»Und was machen Sie jetzt, Clelia?«, fragte er leise.

»Ich suche mir einen Innenausstatter, der etwas von Barock versteht«, sagte ich.

»Turin ist voll mit Barock. Überall, aber nichts ist barock genug …«

»Das weiß man in Rom«, sagte ich, »aber sie wissen nicht, was Barock ist …«

»Machen wir's so«, sagte er und begann, Skizzen aufs Papier zu werfen.

Er zeichnete und rauchte den ganzen Abend. Er machte es gut. Ich beobachtete diese rote, knochige Hand, ohne daran zu denken, dass es seine war. Es ärgerte mich, dass er so viel wusste, jung wie er war, dass er so darüber scherzte, dass es für ihn war wie mit dem Geld, das er ohne eigenes Zutun in seiner Tasche vorgefunden hatte. Vor einiger Zeit hatte er mir erzählt, dass er die Architekturschule nur an bestimmten Tagen besuchte, an denen er wusste, dass er dort eine Kollegin treffen würde. Dass er sein Handwerk gelernt habe, als er mit seiner Mutter durch die Welt zog, dieser alten Verrückten, die Wohnungen auf- und wieder zumachte wie Sonnenschirme am Strand. Vergnügt erklärte er mir, dass man an den Anprobesalons gar nichts ändern müsse. Es genüge, Antiquitäten zu finden, die auch nicht alle barock sein müssten – einige womöglich provinziell, von miserablem Stil –, und sie an der richtigen Stelle zu platzieren und zu beleuchten wie im Theater. Er lachte amüsiert und versuchte, mich zu küssen. Ich hob die Hand, und er küsste diese.

Am nächsten Tag kam Morelli ganz aufgeregt an und fragte mich, wo ich gewesen sei. Ich erwiderte, er müsse mir helfen, denn die Jugend in Turin tauge wirklich nicht viel, wir Alten müssten zusammenhalten. Ich fragte ihn, ob er Antiquitätenhändler wisse, sich mit Museen auskenne.

Als er begriff, was ich wollte, fragte er, ob ich mir in Turin eine Wohnung einrichtete.

Dann gingen wir in die Via Po, und ich zeigte ihm die Salons.

»Was sagen Ihre Maler dazu?«, fragte er.

»Wenn sie wenigstens was von Bildern verstünden …«

»Hier werden Spiegel die Bilder sein«, sagte er ernst. »Man darf die Kundinnen nicht zum Verschwinden bringen. Kein Gemälde kann es mit einer schönen Frau aufnehmen, die sich auszieht.«

Er begleitete mich in die Antiquitätenläden in der Nähe der Via Mazzini, und derweil unterhielten wir uns über Rom. »In Rom wäre es einfacher«, sagte ich. »Rom ist voller alter Palazzi, die aufgelöst werden …«

Auch Turin ließ sich nicht lumpen. Diese Geschäfte waren der Honig und wir die Fliegen. Man konnte sich kaum bewegen zwischen den Bergen von Zeug – Elfenbeinstücken, rissigen Gemälden, Standuhren, Statuetten, künstlichen Blumen, Halsketten, Fächern. Auf den ersten Blick wirkte alles alt und hinfällig, doch nach einer Weile gab es nichts – keine Miniatur, keinen Schirmgriff –, das einen nicht verlockte oder für das man nicht gern eine Wohnung gehabt hätte, um ihm dort einen Platz zu geben. Morelli sagte: »Das Beste zeigen sie uns nicht. Sie wissen nicht, wer wir sind.« Er sah mich nachdenklich an und sagte: »Da bräuchte es meine Frau.«

»Glauben Sie an dieses ganze Zeug?«, fragte er mich zwischen einem Bürgersteig und dem nächsten.

»Es tut weh«, sagte ich, »zu denken, dass deine Sachen, wenn du stirbst, so den anderen in die Hände fallen.«

»Schlimmer ist es, wenn sie dort landen, noch bevor man tot ist«, sagte Morelli. »Wenn unsere schöne Freundin hier wäre, würde sie sagen, dass ja auch wir durch die Hände derjenigen gehen, die uns begehren … Was die Leute rettet, ist nur das Geld … und das geht durch alle Hände.«

Dann drehte sich das Gespräch um die Frauen und die Wohnungen und um Großmutter Clementina, die schon auf der Welt gewesen war, als manche dieser Sonnenschirmchen, Gitarren und rostigen Spiegel noch neu waren. »Die hat es verstanden, sich zu behaupten. Niemand kann von sich sagen, sie in der Hand gehabt zu haben … Lächerlich, diese jungen Leute, diese Freunde von Mariella, die Laster haben, aber keine Erfahrung … Sie glauben, Reden würde genügen. Die möchte ich in zwanzig Jahren sehen. Die Alte hat immer erreicht, was sie wollte …«

Wir betraten einen weiteren Laden. Von Barock keine Rede. Ich sagte zu Morelli, es wäre besser, einen Palazzo, eine Wohnung zu besichtigen, sich ein natürliches Bild zu machen. »Gehen wir zu Donna Clementina«, sagte er. »An dem Abend waren zu viele Leute da, aber allein das Porzellan ist einen Besuch wert …«

## XVI

Als wir ankamen, traten einige Damen aus dem Haus; sie musterten mich. Vor zwanzig Jahren hatte mein Weg nicht durch dieses Viertel von Turin geführt. Wir trafen Mariella und die Mutter an, die soeben Tee getrunken hatten; die Großmutter – wie schade – schlafe gerade, sie bereite sich auf den Abend vor, denn ein gewisser rumänischer Geiger werde kommen und spielen, und sie wolle zugegen sein. Sie erwarteten wenige Freunde, ob wir auch teilnehmen wollten.

Mariella warf mir strafende Blicke zu, und während wir in den Salon mit der Porzellansammlung hinübergingen, schimpfte sie mich leise, weil ich sie nicht rechtzeitig von dem Ausflug nach Saint-Vincent verständigt hatte. »Kommen Sie heute Abend«, sagte sie, »Rosetta wird da sein, unsere ganze Gruppe.«

»Ich sehe niemanden mehr. Was macht ihr?«

»Weiß man nicht«, sagte sie geheimnisvoll. »Unglaublich, aber wahr.«

Ich konnte Morelli gerade noch rechtzeitig am Rockzipfel ziehen, damit er diesen Klatschbasen nichts von meinen Salons verriet. Die Mutter knipste das Licht in der Porzellanvitrine an und erzählte zu jedem Stück eine Geschichte. Sie sprach vom Urgroßvater, von Hochzeiten, von Tanten, von der Französischen Revolution. Bei einigen der Miniaturen an der Wand – rosigen Frauen mit Perücke – kannte Morelli die Namen und nannte sie uns. Er erzählte uns auch die Geschichte einer gewissen Giuditta – ebenfalls aus vornehmem Hause –, die sich in den königlichen Gärten unter einen Baum gelegt hatte, während der damalige König ihr von oben zwischen den Ästen Kirschen in den Mund warf. Ich schaute und versuchte, das Material und das Geheimnis zu verstehen – wie man es bei einem Modell macht –, doch es war nicht so sehr schwierig als vielmehr zwecklos. Die Eleganz der Figürchen und der gemalten Köpfchen ließ sich kaum greifen und reichte ohne die Namen, das Geplauder und die Anekdoten nicht aus, um Atmosphäre zu erzeugen. Ich musste mich tatsächlich mit Febo begnügen.

So kehrten wir am Abend zurück, um den Geiger zu hören. Ich sah die grimmige Alte mit dem Band um den Hals und dem kurzen Umhang wieder, den Kreis würdiger Herren, die Kronleuchter, den Teppich. Junge Leute waren weniger da als beim letzten Mal, sie saßen zerknirscht auf den Polsterstühlen, Loris fehlte. Von den Frauen lächelten Rosetta und Momina mir zu.

Der Geiger spielte gut, wie Geiger in solchen Fällen eben spielen. Er war ein fettes, weißhaariges Männchen, das allen Damen die Hand küsste; ob er bezahlt wurde oder als Freund kam, war nicht erkennbar. Er lachte mit der Zunge in der Backe und schaute auf unsere Beine. Am Flügel begleitete ihn ein blasses Geschöpf mit Brille und roter Rose auf der Schulter. Die Damen riefen: »Bravo!« Alles in allem langweilte ich mich.

Morelli klatschte überzeugt Beifall. Als der Tee kam, ging ich zu Rosetta und Momina. »Sobald die Alte aufsteht«, vereinbarten wir, »gehen wir ebenfalls.«

Mariella zog mich in eine Ecke. »Ich komme auch mit«, sagte sie, »wartet auf mich.«

Zuletzt schleppte sie alle hinter uns her, auch den Geiger. An der Haustür fing die Dame mit der Brille an zu schreien: »Der Maestro will uns einladen.« Alle sprachen Französisch.

Im Auto fand ich mich neben Rosetta wieder. Im Dunkeln flüsterte ich ihr in dem Durcheinander zu: »Pech gehabt. Ivrea war besser.«

»Es ist noch nicht Morgen«, sagte Momina, die gerade einstieg. Für den Geiger, der mit den Damen und Morelli in Mariellas großem Wagen saß, hieß ›uns einladen‹ eine Runde durchs Zentrum drehen, vor den Cafés anhalten, den Kopf hinausstrecken, um zu verhandeln, und dann ein Zeichen zur Weiterfahrt geben. Nach drei oder vier solchen Szenen sagte Momina: »Zum Teufel mit ihm«, und fuhr auf eigene Faust los.

»Wohin fahren wir?«

»In dein Hotel«, erwiderte sie.

Triumphierend betraten wir die Lobby. Einige Gäste hoben den Kopf.

»Graust es dir nicht?«, sagte Momina zu Rosetta, die mit geballten Fäusten zwischen uns ging.

Rosetta lächelte schwach. »Es besteht das Risiko, dass niemand die Rechnung bezahlt hat. Wenn sie uns nur nicht hinauswerfen …«

»Warst du seitdem nicht mehr hier?«, fragte Momina.

Rosetta zuckte die Achseln. »Wo setzen wir uns hin?«, sagte sie.

Der Kellner servierte uns drei Cognacs. Hinter der Theke zwinkerte Luis mir zu.

»Hoffentlich findet Mariella uns nicht«, sagte ich. »Ich fürchte, der Rumäne ist nicht sehr spendabel.«

»Sie sind so viele«, sagte Rosetta. »Irgendjemand wird schon alle einladen …«

Da sagte ich, in Turin passiere es mir, dass ich die Leute meide. So viele Maler, aufgeblasene Luftballons, Musiker – immer wieder ein neuer, selbst in Rom feierten die Menschen nicht so ununterbrochen. Und Mariella, die um jeden Preis Theater spielen wolle. Es wirke, als hätte es den Krieg nicht gegeben …

Den Cognac schwenkend, saß Rosetta lächelnd in ihrem Sessel. »Meinen Sie auch uns«, brummte sie, »weil wir dieses Leben führen?«

»Ich weiß nicht«, erwiderte ich, »mir scheint, so viel Lärm lohnt sich nicht.«

Momina, die sich noch nicht hingesetzt hatte, ging unruhig zwischen der Theke und uns beiden hin und her. »Es gibt nichts mehr, das sich lohnt«, sagte sie. »Früher konnte man wenigstens noch reisen.«

Dann warf sie sich in den Sessel und machte eine Bewegung, als wolle sie den Schuh abschütteln. »Ich fürchte, das tut man nicht«, sagte sie. »Hast du oben keinen Sessel?«

Wir fuhren mit dem Lift hinauf. Ich behielt Rosettas Regungen im Auge. Wir traten auf den Flur, und sie blickte mich flüchtig an; ich machte ihr ein Zeichen, wie um zu sagen: Hier war es.

»Diese Flure sind alle gleich«, sagte sie, auf den Läufer starrend.

»Wie die Tage des Jahres«, sagte Momina. »Alle Türen sind gleich, und die Betten, die Fenster, die Leute, die eine Nacht darin schlafen … Man muss so mutig sein wie Clelia, um hier zu leben …«

»Oder wie sie«, sagte ich und deutete auf Rosetta.

»Hör zu«, sagte Momina, ohne sich umzudrehen, »sobald sie jetzt den Cognac heraufgebracht haben, machen wir das Licht aus, wenn's dir recht ist, und du erzählst uns, wie es kam, dass du hier gelandet bist und dich in der Dosis vertan hast ... Ich glaube immer noch nicht ...«

Plötzlich blieb Rosetta leichenblass stehen, ballte die Fäuste und presste die Lippen zusammen. Doch wir waren an der Tür, und ich sagte: »Kommt herein.« Wortlos trat Rosetta ein. Während wir in den Sesseln Platz nahmen (Momina schleuderte die Schuhe von sich) und der Kellner das Tablett auf dem Tischchen abstellte, sprach niemand, und ich fühlte, dass sich Rosettas starre Augen mit Tränen füllten. Momina merkte nichts.

»Willst du dich nicht setzen, Rosetta?«, fragte sie.

Rosetta schüttelte heftig den Kopf, ging zur Tür, knipste das Licht aus und antwortete mit rauer Stimme: »Bitte sehr.«

Einige Augenblicke sah man in der Dunkelheit nur die rot glühende Spitze von Mominas Zigarette. In der Ferne hörte man das Quietschen einer Straßenbahn. Ich erahnte den helleren Schatten des Fensters.

»Warst du böse auf mich?«, fragte Momina spöttisch.

Ich fühlte, wie Rosetta sich anstrengte, ihre Stimme zu beherrschen. Es gelang ihr nicht. Leise stotterte sie:

»Du darfst nicht lachen ...«

»Ich lache, um dir Mut zu machen«, sagte Momina kalt. »Ich tu's für dich. Versuch, gescheit zu sein, du bist es. Was ist passiert? Von meiner Seite her, nichts. Habe ich dich etwa beleidigt? Habe ich zu dir gesagt, du sollst dieses oder jenes tun oder lassen? Ich habe dir nur geholfen, deinen Schlamassel zu durchschauen ... Hast du davor

Angst? Ich verstehe, dass man sich umbringt ... Alle überlegen es sich ... aber dann richtig, so, dass es wahr ist ... Und ohne Streit. Du dagegen machst mir den Eindruck einer sitzengelassenen kleinen Schneiderin ...«

»Ich ... ich hasse dich«, stotterte Rosetta atemlos.

»Wieso denn?«, sagte Momina ernst. »Was wirfst du mir vor? Dass ich zu viel war für dich oder zu wenig? Was soll das, wir sind Freundinnen.«

Rosetta antwortete nicht, und Momina fuhr nicht fort. Ich hörte sie beide atmen. Tastend stellte ich das Glas ab, das ich in der Hand hielt. »Setzen Sie sich«, murmelte ich.

Sie setzte sich. Ich begriff, dass ich sprechen konnte. Also sagte ich, es gehe mich ja nichts an, aber da wir gerade hier zusammensäßen, wolle ich auch ein Wort sagen. Ich hätte die verschiedensten Dinge über die Sache gehört, aber nichts Wahres. »Wenn es eine Sache zwischen euch beiden ist«, sagte ich, »dann sprecht euch aus und Schluss damit.«

Momina wand sich im Sessel, um eine Zigarette zu suchen. Das aufflammende Streichholz blendete mich, ich sah ihre kurzen Haare über den Augen.

»Was ist? Habt ihr miteinander geschlafen?«

Weder die eine noch die andere antwortete. Momina begann zu lachen und zu husten.

# XVII

»So kann man es ja auch nicht nennen«, beklagte sich Momina dann, als ich die Gesichter im Dunkeln schon vage unterscheiden konnte, »zum Glück hast du das Licht ausgemacht, meine Liebe. Begreifst du, dass du aus einer Sache, die schön und sinnvoll hätte sein können, etwas Persönliches gemacht hast, ein hysterisches Drama? ... Hast du gehört, was Clelia gesagt hat?«

Rosetta hatte es gehört und musste feuerrot geworden sein. Ich glaube, sie weinte nicht mehr und hatte auch keine Angst. »Ihr zwei habt gar nichts damit zu tun«, sagte sie giftig, mit ihrer spröden Stimme. »Ich bin dreiundzwanzig Jahre alt, ich kenne das Leben. Ich bin niemandem böse. Reden wir von was anderem, ja?«

»Sag uns wenigstens, was man empfindet. An wen man in diesem Augenblick denkt. Hast du in den Spiegel geschaut?«

Momina sprach nicht ironisch, sondern mit kindlicher Stimme, als stünde sie auf einer Bühne. Auch vorher, als wir das Licht ausgemacht hatten, war ich mir wie im Theater vorgekommen. Wieder zweifelte ich, ob an dem bewussten Tag überhaupt jemand auf der Trage gelegen hatte.

Rosetta sagte, sie habe nicht in den Spiegel geschaut. Sie erinnerte sich nicht, ob es in dem Zimmer Spiegel gab. Auch damals hatte sie das Licht ausgemacht. Sie wollte nichts und niemanden sehen, nur schlafen. Sie hatte heftige, entsetzliche Kopfschmerzen. Plötzlich waren sie weg, geheilt, und sie lag einfach glücklich da. So glücklich, als wäre ein Wunder geschehen. Dann war sie aufgewacht, im Krankenhaus, unter einer Lampe, die in den Augen schmerzte.

»Warst du sauer?«, murmelte Momina.

»Uh«, sagte Rosetta, »aufwachen ist grässlich …«

»Ich kannte eine Kassiererin in Rom, die wahnsinnig wurde, weil sie sich dauernd im Spiegel sah, im Spiegel hinter der Theke … Sie dachte, sie sei eine andere.«

Momina sagte: »Man müsste sich im Spiegel sehen … Dir hat der Mut dazu gefehlt, Rosetta …«

So plauderten wir über Spiegel und die Augen dessen, der sich tötet. Als der Kellner mit einem neuen Tablett erschien, kam der Augenblick, an dem wir wieder Licht machten. Rosettas Gesicht war ruhig, hart.

Das Telefon läutete. Es war Mariella, die wissen wollte, was passiert war. Sie verstand meine Worte nicht, weil dort, wo sie war, ein Orchester lärmte. Ich befragte die beiden anderen mit den Augen. Dann rief ich in den Hörer, ich sei müde und schon nach Hause gegangen. Sie solle tanzen und sich amüsieren. Der Abend sei sehr nett gewesen.

Dann telefonierte Rosetta. Sie rief daheim an, sagte: »Mama, jetzt komme ich.« Momina zog ihre Schuhe wieder an, dann gingen sie.

Am nächsten Tag besuchte mich Rosetta in der Via Po. Mit einem unsicheren Lächeln kam sie in ihrem Leopardenjäckchen herein. Oben maß Febo mit Becuccio etwas aus. »Sie wollen doch nicht unseren Freund treffen«, sagte ich zu ihr. »Begleiten Sie mich zum Einkaufen?« Sie wartete in dem großen Raum, während ich die Treppe hinaufrief, ich ginge aus. Sie sah so jung aus, da neben dem

Schaufenster, dass ich dachte: Mariella würde an ihrer Stelle eine ausgezeichnete Kassiererin abgeben.

Während wir unter den Bogengängen entlangschlenderten, sagte ich zu ihr, dass ich daran dächte, sie einzustellen. Sie lächelte, auf ihre Art. »Ich hatte gerade so eine Idee«, sagte ich. »Ein Geschäft, in dem Ihre vornehmsten Freundinnen arbeiten. Würden Sie mitmachen? Die besten Namen von Turin … Eine an der Kasse, eine für die Schaufenster, eine in den Salons …«

Sie ging auf den Scherz ein. »Wer käme dann noch zum Kaufen?«, sagte sie. »Es würden keine Namen übrig bleiben.«

»Eure Dienstmädchen vielleicht … Die schlechten Namen.«

»Wir hätten ja keine Ahnung, wie das geht …«

»Wer weiß. Wie auf den Wohltätigkeitsfesten …«

»Oitana, ich beneide Sie«, sagte Rosetta. »Es ist schön, so zu arbeiten wie Sie.«

»Manchmal macht es einen rasend … Immer ist ein Chef da.«

»Vielleicht bedeutet Arbeit genau das. Jemanden zu haben, der dir sagt, was du tun oder nicht tun sollst … Das ist eine Rettung.«

»Fragen Sie doch mal Ihr Dienstmädchen.«

Sie zögerte. »Gestern«, sagte sie, »war ich dumm …«

Ich unterbrach sie nicht. »… Man sagt und tut so viel Falsches. Ich wäre gern eine andere, so wie die Kassiererin in Rom … Meinetwegen auch genauso wahnsinnig. Sie dürfen nicht glauben, was Momina sagt … Momina ist manchmal zu aufdringlich …«

»Im Grunde war Momina diskreter als ich …«, murmelte ich und ließ Rosetta nicht aus den Augen.

»Sie, Oitana, kennen das Leben gut ...« Sie suchte nach Worten. »Zwei Frauen, die so reden wie wir gestern, würden Sie Ihre Achtung entziehen, nicht wahr?«

Trotzig blieb sie stehen, verschlang mich mit den Augen. Gestern, im Dunkeln, musste sie auch so rot gewesen sein.

Ich brachte sie dazu weiterzugehen. Solange eine Frau noch erröte, sagte ich zu ihr, sei Achtung gar nicht der Punkt. (Sie entschuldigte sich und sagte: »Ich erröte wegen nichts.«) Ich sagte, alles sei in Ordnung, solange es nicht der Gesundheit schade und einen nicht auf hässliche Gedanken bringe. Ich fragte sie, ob sie deshalb Veronal geschluckt habe.

Wir waren bei der Blumenhändlerin an der Via Pietro Micca stehen geblieben. So war es leichter zu sprechen. Ich sagte: »Sollen wir Mariella Blumen schicken wegen gestern?«

»Meinetwegen«, sagte sie.

Wir entschieden uns für Maiglöckchen. Während die Frau das Grün dazu band, sagte ich zu Rosetta: »In Ihrem Alter sind das keine Laster, die Laster kommen später.«

»Ich glaube nicht, dass ich welche habe«, sagte sie und zog eine Grimasse. »Es wäre besser, ich hätte welche.«

Unter die Bogengänge zurückgekehrt, fragte ich sie, welches Spiel wir eigentlich spielten. Hatte sie sich denn nicht deshalb umgebracht?

Erstaunt antwortete Rosetta, sie wisse selber nicht, warum sie an dem Morgen in das Hotel gegangen sei. Sie sei sogar ganz fröhlich gewesen, als sie es betrat. Nach dem Ball hatte sie sich erleichtert gefühlt. Seit langem graute ihr schon vor den Nächten; die Vorstellung, einen weiteren Tag beendet zu haben, mit ihrem Ekel allein zu sein, im Bett liegend auf den Morgen zu warten, war ihr unerträglich. Diese Nacht war wenigstens schon vorbei. Doch gerade weil sie nicht geschlafen hatte, verzweifelte sie allmählich, während sie im Zimmer umherging und an die Nacht dachte, an all die Albernheiten, die ihr in der Nacht begegnet waren, dass sie nun doch wieder allein war und nichts tun konnte, und als sie das Veronal in ihrer Handtasche fand …

»Momina war nicht auf dem Ball?«

Nein. Momina war nicht da, aber im Hotel, auf dem Bett ausgestreckt, hatte sie viel an sie gedacht, an lauter Sachen, die Momina immer sagte, an ihre Gespräche, daran, wie mutig Momina war, die sich vor dem Leben mehr ekelte als sie selbst, aber mit einem Lachen sagte: »Ich warte auf die schöne Jahreszeit, um mich umzubringen, ich will nicht bei Regen begraben werden.«

»Ich«, sagte Rosetta, »habe nicht die Geduld gehabt zu warten …«

»Aber ihr habt euch nicht gestritten?«

»Nein, manchmal zanken wir uns, wie gestern Abend, aber wir sind gute Freundinnen. Momina ist die einzige Freundin, die ich habe.«

Ach ja? Schroff fragte ich: »Nur eine Freundin?«

Rosetta sah mich an, mager, mit ihren Katzenaugen. Sie errötete nur ganz leicht, dann fing sie sich wieder.

»Was wollen Sie von mir hören, Oitana«, stammelte sie. »Ist das nötig? Aber ich schäme mich nicht. Sie wissen, wie es unter Mädchen so geht. Momina war meine erste Liebe. Vor vielen Jahren, bevor sie geheiratet hat … Jetzt sind wir Freundinnen, glauben Sie mir …«

## XVIII

Ich musste ihr glauben. Ich fragte sie, warum sie nicht lieber ans Heiraten denke. Sie zuckte die Achseln. Sie kenne die Männer, sagte sie. »Vielleicht nicht alle«, wandte ich ein.

»Das ist nicht nötig«, sagte sie.

»Sie werden doch nicht wie Momina behaupten, Sie hätten Angst, Kinder zu bekommen.«

»Ich mag Kinder«, sagte Rosetta, »aber sie müssten immer Kinder bleiben. Wenn ich daran denke, dass sie dann heranwachsen, zu Menschen wie wir, packt mich die Wut … Sehen Sie das nicht so?«

»Ich habe keine«, sagte ich.

Wir verabschiedeten uns mit dem Versprechen, uns bald wieder zu treffen, doch ich war überzeugt, dass sie nicht noch einmal kommen würde. Rosetta hatte mich aus Naivität oder aus Trotz besucht, musste aber nun gemerkt haben, dass sich die Distanz zu mir nicht mehr herstellen ließ. Unweigerlich landete das Gespräch wieder beim selben Thema.

Mit Febo, der ein Auto auftrieb und mich hinfuhr, sah ich mir in Mailand einige Glasmöbel an. Alles ging gut, bis wir bei der Rückfahrt auf der Autobahn anhielten, um uns eine Zigarette anzuzünden, und Febo mich mit einem Gesicht wie in der Nacht in Ivrea betatschte. Ich schlug ihm ein blaues Auge und glaubte schon, er sei erblindet, doch als wir weiterfuhren, war er ganz brav, und ich erklärte ihm, die Welt sei groß, und mit Arbeitskollegen dürfe man sich nicht einlassen. Er schaute missmutig auf die Straße. Ich fragte ihn, warum er es nicht noch einmal bei Momina probiere oder sich sogar unter Mominas Freundinnen eine Frau suche. Reiche und gebildete Leute, die malen und Theater spielen könnten. Daraufhin sah er mich mit einem Auge belustigt an und bremste. Nicht schon wieder, dachte ich. »Clelia, Clelia«, sagte er, aber ohne mich zu berühren, »wollen Sie heute Abend meine Frau sein?«

»Ist das ein ernsthafter Antrag?«

»Wir sind schon Mann und Frau. Sie schlagen mich.«

»Ich kann Ihre Mama spielen, wenn Sie wollen.«

»Au ja«, sagte er und klatschte in die Hände, »ja, Mama. Gehst du mit mir in die Wiesen zum Schneckensammeln?«

Stattdessen hielten wir bei einem Tanzboden in einem Dorf außerhalb von Turin an, und Febo legte sich gut gelaunt mit zwei jungen Männern an, die zusammen tanzten und uns den Weg vertraten. Sie drohten, ihm auch das andere Auge blau zu schlagen. Es war erstaunlich, wie Febo, blond und knochig, sich in dieses dörfliche Ambiente hineinwagte, obwohl er nicht einmal den Dialekt konnte. Ich sagte ihm, er solle aufhören, und musste ihn fortziehen. Danach wollte er zum Abendessen in eine Spelunke gehen und fragte mich, ob es mir nicht auch Spaß mache, von zu Hause auszureißen und Verrücktheiten anzustellen.

»Das ist ja nicht schwer«, sagte ich. »Schlimm ist, in einer Spelunke zu Hause zu sein.«

»Aber ja«, sagte er, »machen wir etwas Schlimmes.«

Wir fanden eine Kneipe am Ende des Corso Giulio

Cesare. Am Anfang entspannte Febo sich, und wir dachten ans Essen. Aber der Wirt war nicht der behaarte Kerl aus Ivrea, und seine Küche hatte wenig zu bieten. Serviert wurden uns die Gerichte von einem schlurfenden Mädchen mit roten Augen, das auf meine Strümpfe starrte, und auch die anderen Gäste, eine alte Frau und ein paar Lastwagenfahrer, musterten uns. Der Raum war eisig, frisch geweißt und schon wieder schmutzig; ich dachte daran, dass hier zu meiner Zeit offenes Land war, Landstraßen und Felder. »Was wir machen, ist wirklich hässlich«, sagte ich zu Febo.

Er versuchte, in Fahrt zu kommen und den Wein gut zu finden. Hinter der Theke beobachtete uns das Mädchen mit roten Augen. Die anderen spielten nun Karten, rauchten und spuckten aus.

Nachdem wir das Omelett aufgegessen hatten, drängte ich zum Gehen. »Es muss doch ein Lokal geben ...«, sagte Febo. Als wir hinaustraten, war es dunkel. Über die am Corso verstreuten roten Neonreklamen strich der Wind. »Diese Stadt hat auch ihr Schönes«, sagte Febo. »Sie verstehen das nicht, Sie verkehren zu häufig mit den feinen Herrschaften.«

Wutentbrannt stieg ich ins Auto, ich hätte ihn erwürgen mögen. »Ihr und solche dummen Gänse wie die Martelli und Momina, Ihr seid doch diejenigen«, sagte ich, »die gern als Herrschaften auftreten. Ich bin in Turin geboren. Ich weiß, was es heißt, eine andere in Seidenstrümpfen zu sehen und selbst keine zu haben ...«

Während wir stritten und er kicherte, hielt er noch einmal an, vor einem Café mit beleuchtetem Gärtchen.

»Hier fließt nachts Blut«, sagte er.

Das Licht drang durch die Scheiben eines großen Raums mit nackten Glühbirnen. Es gab kein Orchester, sondern ein Radio spielte, und mehrere Paare tanzten grölend über den Zementboden. Ich kannte diese Art Lokale.

»Wenn es dir im Gemeinschaftssaal nicht gefällt«, raunte mir Febo ins Ohr, »ist oben noch Platz …«

Ich sagte ihm, ich nähme einen Kaffee, wolle aber nicht bleiben. Weder für mich noch für ihn sei die Gesellschaft des anderen hier passend. »Sie riskieren, dass ich Sie stehen lasse«, sagte ich, »und mich mit dem Kerl mit Halstuch dort drüben zusammentue.«

Febo musterte den Burschen mit dem Halstuch, der an einem Tisch mit zwei Frauen mit verschmiertem Lippenstift plauderte. Er zog eine Augenbraue hoch, antwortete nicht und lehnte sich rücklings an die Theke.

»Diesem Burschen«, sagte ich, »würde es nicht im Traum einfallen, zu Ihnen oder zu mir herüberzukommen, um den Abend gemeinsam zu verbringen. Solange er lebt, wie er lebt, hat er es nicht nötig, das Milieu zu wechseln. Eleganz, das sind für ihn die Parfüms, die man im Tabakladen kauft, und rotgrüne Krawatten. Er arbeitet mit diesen Mäuschen … Warum sich auf seine Kosten lustig machen?«

Die Ellbogen nach hinten auf die Theke gestützt, sah Febo ihn an. Da er noch nicht betrunken war, brummte er: »Spricht da die Frau oder die Arbeitskollegin?«

Ich sagte, er sei ein Narr, ich meinte es ernst.

Daraufhin fragte er mich, den Blick hebend, aus welchem Milieu ich denn stammte.

»Mehr oder weniger aus diesem«, sagte ich trocken.

Der Bursche mit dem Halstuch hatte gemerkt, dass Febo ihn anstarrte, und sah jetzt zu uns herüber. »Und Sie«, sagte Febo, immer noch unverfroren in den Saal schauend, »Sie haben Ihr Milieu verlassen, tragen Seidenstrümpfe und amüsieren sich mit uns anständigen und gebildeten Leuten, machen sich auf unsere Kosten lustig. Wer hat Sie denn gerufen?«

Im Sprechen fixierte er das Halstuch, das inzwischen aufgestanden war und auf ihn zukam. Ich fühlte, wie sich im Saal eine Spannung aufbaute, und die Wut, die Angst, der Impuls, diesen Burschen aufzuhalten, machten mich blind. Mit aller Kraft verpasste ich Febo eine Ohrfeige, schrie etwas, packte ihn am Arm. Im Saal lachten sie und machten Platz. Wir erreichten das Auto unter Gelächter und Beschimpfungen, die aus der Lokaltür hallten.

»Bloß weg hier, Sie Unglücksmensch«, sagte ich.

Mit zusammengebissenen Zähnen fuhr er los und raste über die Dora, als würde die Brücke hinter ihm einstürzen. »Jetzt will ich aussteigen«, sagte ich.

Er sah mich mit seinem besessenen Gesicht an. »Und ich will trinken«, rief er. »Man behandelt mich wie einen Betrunkenen. Dann will ich es wenigstens sein.«

Mir zitterten noch die Hände, und ich schwieg. Ließ ihn rasen. Doch mir war, als hätte ich diese Ohrfeige bekommen, und ich konnte mich nicht beruhigen. Er ist nicht schlechter als die anderen, sagte ich mir. In seinen Kreisen sind alle so. Immer wieder sagte ich mir das, und ich fragte mich, ob es die Mühe wert sei, sich anzustrengen, um es so weit zu bringen wie ich jetzt, und dann nichts mehr zu sein, schlimmer dran zu sein als Momina, die wenigstens unter ihresgleichen lebte. Andere Male hatte ich mich in solchen Fällen mit dem Gedanken getröstet, dass mein Leben nicht wegen der Dinge, die ich erreicht, wegen der Stellung, die ich mir geschaffen hatte, etwas wert war, sondern weil ich sie mir geschaffen, weil ich sie erreicht hatte. Es ist ein beliebiges Schicksal, sagte ich mir, ich habe es selbst gewollt. Doch meine Hände zitterten, und ich konnte mich nicht beruhigen.

Endlich sagte ich schroff, ich wolle aussteigen. Ich öffnete die Autotür. Da küsste Febo mich japsend, wohin er gerade traf, und hielt an. Ich sprang auf die Straße und ging davon.

# XIX

Es ist nicht leicht, unbeschäftigten Leuten zu entkommen. Bei meiner Rückkehr wartete schon eine Einladungskarte für eine Luxusversteigerung auf mich, signiert von Morelli, der mich am nächsten Tag anrufen wollte. Allmählich wurde mir klar, dass ich, hätte ich bei meiner Ankunft in Turin ein Zimmer gemietet, weder Morelli noch sonst irgendwem je begegnet wäre. Außer Febo, leider. Doch so war das Leben, das ich führte, eben – es war zwecklos, der ruhigen Unordnung Roms nachzutrauern. Diese Dinge vergehen von selbst. Schon oft hatte ich mich in den vergangenen Jahren in ähnlichen Kreisen bewegt. Es war beinahe zum Lachen: Geblieben war mir Maurizio. Wie lange wohl noch?

Seit einigen Tagen entmutigte mich das Unternehmen in der Via Po. Aber ich hatte es ja so gewollt. Nun musste ich herumrennen, an alles selber denken, Turin auf den Grund gehen. Vor zwanzig Jahren hätte ich mir das nicht träumen lassen. Seit wann war ich so auf Draht? Vielleicht spielte ich genauso Theater wie die Müßiggänger von Turin, und da ich für sie arbeitete, war es alles in allem nur gerecht, dass ich dauernd über sie stolperte. Wenn mir solche Gedanken kommen, möchte ich am liebsten davonlaufen, alles liegen und stehen lassen, ins Nähatelier zurückkehren.

Bei dieser Geschichte mit den antiken Möbeln wollte auch Becuccio mitreden. Er hatte von Kunstschreinern gehört, Vater und Sohn, die vor dem Krieg im königlichen Palast gearbeitet und dort heikle Restaurierungen ausgeführt hatten. Wir suchten sie auf. Sie waren in einer schmutzigen, engen Gasse in einem Hinterhof untergebracht, doch von innen gesehen handelte es sich um einen alten Palazzo, es gab sogar Bäume und eine Statue. Der Kunstschreiner, ein kleiner, alter Mann, fasste sich misstrauisch an die Brille und fing an zu schwätzen, mitten auf dem Hof. Als er verstand, was wir wollten, sagte er zu mir, für ein Geschäft seien schöne Möbel viel zu schade. Da genüge modernes Zeug aus Sperrholz und Lack. Ich sagte, es sei schon besprochen, ich wolle aber etwas sehen. Was ich denn sehen wolle, sagte er, wenn die Palazzi alle zu seien? Ich wolle ja nicht die Palazzi sehen, sagte ich, mir genüge eine Vorstellung, ein Einzelstück. Er sagte, wenn ich nichts sehen wolle, sei klar, dass ich nichts davon verstünde, dann könne ich doch gleich das übliche Zeug in meinen Laden stellen.

Becuccio fragte ihn, ob er denn nicht an etwas arbeite. Der Alte drehte sich zur Werkstatt um und rief etwas in die Dunkelheit. Hinten regte sich jemand. »Haben wir was da?«, schrie der Alte. Der andere grunzte. »Nein, nichts«, sagte der Alte, an seine Brille fassend, »was wollen Sie, es macht keinen Spaß mehr, für die Leute zu arbeiten.«

Becuccio war verstimmt und fing an zu schimpfen, so dass ich auch ihn wegziehen musste. Der Kunstschreiner war wieder in die Werkstatt gegangen und reagierte nicht einmal. Gemeinsam kehrten wir in die Via Po zurück, wo mich Febo erwartete, um die Stoffe für die Wandbespannung auszusuchen. Ich sagte zu Becuccio, der Alte habe doch ein schönes Leben: den anderen die Tür vor der Nase zuschlagen und sich seine Arbeit selbst aussuchen.

»Er scheint nicht viel zu tun zu haben«, sagte Becuccio. »Die Politik ist ihm zu Kopf gestiegen.«

Dann besuchte ich mit Morelli die Auktionsausstellung, und es gab etliche wirklich schöne Standuhren und Porzellanservice. Ab und zu rutschte mir heraus: »Das könnte gehen«; doch ich erinnerte mich daran, dass ich nur zum Vergnügen hier war, um Morelli die Möglichkeit zu geben, mir Gesellschaft zu leisten. »Möchten Sie sich keine eigene Wohnung einrichten?«, sagte Morelli zu mir.

»Wenn irgendeine Clelia mir eines Tages eine besorgt …«

Er genoss seine Rolle, zwischen dem blinkenden Kristall und den Frauen, die mich beäugten, und viele grüßte er. Ich überlegte, wie viele von ihnen wohl auch Momina, Febo, Mariella und die Maler kannten. Turin ist ziemlich klein.

Ich fragte Morelli, ob jemand aus dieser Crème Ernst mache. Er fragte, inwiefern. »Ob sie Laster haben«, sagte ich, »ob sie Vermögen verspielen, ob sie so gemein sind, wie sie gern wären. Bisher habe ich nur ein paar Schmutzfinken kennengelernt oder Jugendliche.«

»Die Sache ist die«, sagte Morelli, »dass wir jünger sind als die Jugend von heute … Die haben ja keine Ahnung.«

»Ich meine die Alten wie Sie und mich … Die, die Zeit und Mittel haben. Genießen sie es wenigstens? Ich hätte schreckliche Laster, wenn ich nicht arbeiten müsste. Im Grunde genommen habe ich mir noch nie im Leben etwas gegönnt …«

Morelli sagte ernst, ein Laster hätte ich doch. »Und zwar?« Ich hätte das Laster zu arbeiten, nie mal Urlaub zu nehmen.

»Sie sind schlimmer als diese Industriellen, diese Familienväter«, sagte er zu mir, »aber die waren wenigstens Männer mit Schnauzbart und haben Turin aufgebaut.«

»Ich habe keine Familie, und noch wächst mir kein Bart«, sagte ich.

Morelli sah sich um.

»Eine gibt es, die Ernst gemacht hat«, sagte ich, »dieses Mädchen, Mola …«

»Meinen Sie?«, fragte er zweifelnd. Dann regte er sich plötzlich auf. »Es lohnt sich, Tag und Nacht für die Familie zu schuften. Wenn ich eine Tochter hätte, die mir solche Streiche spielt, hätte ich sie längst ins Kloster gesperrt … Früher wusste man, was zu tun ist.«

»Ich glaube«, sagte ich, während ich mich umschaute, »die Mädchen im Kloster fangen immer damit an, zusammen ins Bett zu gehen …«

»Aber es kamen stolze Frauen heraus«, eiferte sich Morelli, »Damen, echte Hausherrinnen. Die konnten wenigstens reden.«

»Das ist ja auch kein Schaden«, sagte ich. »Alle Mädchen verlieben sich in eine aufgeweckte Freundin … Doch hier in Turin nehmen sie nicht einmal das ernst. Sie sind traurig und von Ekel befallen.«

»Sie diskutieren …«, sagte Morelli.

Und was machten wir? Die Abende, an denen es mir gelang, allein in ein Kino zu schlüpfen, oder der Morgen, wenn ich hinter einer Glasscheibe in der Via Roma gemächlich meinen Kaffee trank und niemand mich kannte und ich Pläne schmiedete und dachte, ich hätte wer weiß was für ein Geschäft aufgebaut, das waren in Wirklichkeit die einzigen schönen Augenblicke in Turin. Mein wirkliches Laster, das, was Morelli nicht gesagt hatte, war meine Lust am Alleinsein. Nicht die jungen Mädchen gehörten ins Kloster, sondern wir. Ich dachte an Mariellas Großmutter, die mit achtzig Gefallen daran fand, Leute zu sehen und vom Bett aus dem Radau der anderen zu lauschen. Ich dachte an Carlotta, die auf den Strich gegangen und nicht wiedergekommen war. Alles in allem ist auf den Strich gehen nichts weiter, als jemandes Gesellschaft ertragen und mit ihm ins Bett gehen, auch wenn man keine Lust dazu hat. Geld zu haben bedeutet, sich absondern zu können. Doch warum sind dann die Müßiggänger, die Geld haben, ständig auf der Suche nach Gesellschaft und Radau?

Als Kind beneidete ich Frauen wie Momina, Mariella und die anderen, ich beneidete sie und wusste nicht, wer sie waren. Ich stellte sie mir frei vor, bewundert, als Herrscherinnen der Welt. Wenn ich jetzt daran dachte, hätte ich mit keiner tauschen mögen. Ihr Leben kam mir töricht vor, umso mehr, als sie sich dessen nicht bewusst waren. Aber konnten sie denn anders? Hätte ich es an ihrer Stelle anders gemacht? Rosetta Mola war naiv, aber sie hatte die Dinge ernst genommen. Letztlich stimmte es, dass sie sich ohne Grund umbringen wollte, jedenfalls nicht wegen dieser albernen Geschichte ihrer ersten Liebe zu Momina oder sonstiger Scherereien. Sie wollte allein sein, sich von dem Lärm absondern; und in ihren Kreisen kann man nicht allein sein, man kann nichts allein tun, außer sich aus der Welt schaffen. Jetzt hatten Momina und die anderen sie schon wieder vereinnahmt: Wir waren zusammen hingefahren, um sie in Montalto abzuholen. An diesen Tag zurückzudenken quälte mich.

## XX

Tage später kam Rosetta wieder. Auch diesmal blieb sie zögernd in der Tür stehen, und Becuccio sah sie zuerst und sagte: »Die will nicht zu mir.«

Wir machten an dem Morgen Fotos, um sie nach Rom zu schicken, und Febo schaltete unermüdlich die Scheinwerfer in den Nischen an und aus und rückte ein Figürchen zurecht, das uns als Muster diente. Er scherzte mit Rosetta und erzählte ihr, in Ivrea sei er von zwei bösen Frauen verführt und verlassen worden. Dann redete er davon, uns beide vor den Schaufenstern zu fotografieren, um Rom wissen zu lassen, was für Frauen es in Turin gebe.

»Da bräuchten wir Mariella«, sagte ich.

Zuletzt sprachen wir über die Aufführung, und Rosetta sagte, die Bühnenbilder mache jetzt Nene. »Das ist alles, was sie kann«, sagte Febo.

Ich fragte Rosetta, ob sie nicht mehr male.

»Das war ein Scherz«, antwortete sie. »Man kann nicht immer scherzen.«

»Diese Turiner Mädchen«, sagte Febo, »können malen, schauspielern, musizieren, tanzen, stricken. Manche hören gar nicht mehr auf.«

Rosetta sah mich melancholisch an. Ihr Kleid erinnerte mich daran, dass draußen die Sonne schien, ein schöner Märztag.

»Nur Tätigkeiten, zu denen einen der Hunger zwingt, gibt man nicht auf«, sagte Rosetta. »Ich wollte, ich müsste mir mein Leben mit Stricken verdienen.«

Febo sagte, Hunger allein genüge nicht für den Erfolg: Man müsse sein Handwerk verstehen wie ein Verhungernder und es ausüben wie ein großer Herr.

»Man verhungert nicht, wenn man will«, sagte Rosetta mit starrem Blick, »und Herr ist nicht immer, wer Geld hat.«

Becuccio hörte ihnen zu, und der Fotograf – schwarze Krawatte wie Loris – rieb sich die Hände.

Ich sagte, wir müssten uns beeilen. Während sie die Aufnahmen machten, führte ich Rosetta oben und unten im Geschäft herum und zeigte ihr, wie alles voranging. Auch ihr gefielen die Gardinen und die Stoffe. Wir diskutierten über die Beleuchtung. Man rief mich ans Telefon.

»Ich gehe«, sagte Rosetta. »Danke.«

»Bis bald!«, sagte ich.

Am Abend traf ich Momina mit anderen, neuen Leuten – möglichen zukünftigen Kunden –, und man sprach davon, an einem Sonntag eine Spritztour an die Riviera zu machen. »Sagen wir auch Rosetta Bescheid«, sagte Momina.

»Natürlich.«

Tage später kamen Mariella und Rosetta mit dem Auto in der Via Po vorbei, und Mariella, die blond und frisch am Steuer saß, rief mir ohne auszusteigen zu, ich solle mit ihnen spazieren fahren. »Morgens arbeite ich«, gab ich zurück.

»Kommen Sie uns besuchen«, sagte sie. »Die Großmutter möchte Sie näher kennenlernen.«

Ich winkte Rosetta zu, und sie fuhren weiter.

Am nächsten Tag erschien Rosetta allein in der Tür.

»Kommen Sie rein«, sagte ich. »Wie geht es Ihnen?«

Plaudernd gingen wir durch die Bogengänge und blieben vor dem Schaufenster der Buchhandlung ›Bussola‹ stehen.

»So ein kleiner Salon würde eigentlich auch gut passen«, sagte ich.

»Interessieren Sie sich für Bücher?«, fragte Rosetta lebhaft. »Lesen Sie viel?«

»Während des Krieges. Da wusste man nicht, was tun. Aber so richtig liegt es mir nicht. Ich habe immer den Eindruck, ich stecke meine Nase in fremde Angelegenheiten …«

Rosetta sah mich belustigt an.

»… es kommt mir unanständig vor. Als öffnete man anderer Leute Briefe …«

Rosetta dagegen hatte alles Mögliche gelesen. Sie sei auf der Universität gewesen, gestand sie beschämt, fast als genierte sie sich.

»Wie kommt es, dass Momina in der Schweiz studiert hat?«, fragte ich.

Momina hatte adelige Eltern, die ihr letztes Geld für die Erziehung ihrer Tochter ausgaben. Dann hatte sie einen Gutsbesitzer in der Toskana geheiratet, und das Schöne war, dass sie sich nie Baronin nennen ließ. Im Übrigen stand ihr der Titel auch nicht mehr zu. Rosetta kannte Neri, Mominas Mann, und war mit ihr an der Versilia gewesen in dem Sommer, als Neri Momina den Hof machte. Ein schöner Sommer auch für Rosetta. Es hatte ihr Spaß gemacht zu beobachten, wie Momina Neri quälte wie eine Maus. Vor vier Jahren. Der arme Neri, er war elegant und dumm.

»Genau was man braucht«, bemerkte ich.

Aber nach der Hochzeit hatte dieser Neri sich gerächt. Schließlich war sein Großvater noch Verwalter gewesen, einer von denen, die mit Stiefeln zu Pferd durch die Macchia reiten. Neri hatte darauf bestanden, auf dem Land zu wohnen, sich um seine Güter zu kümmern, und Momina hatte ihn verlassen.

»Und Sie, Rosetta, ähneln Sie Neri oder Momina?«, fragte ich.

»Wie bitte?«

»Ihr Vater ist ein Mann, der arbeitet«, sagte ich. »Schätzen Sie Ihren Vater?«

»Ich ähnele Momina«, sagte sie ohne Zögern und lächelte.

Und so fuhren wir an die Riviera. Neu war, dass auch Nene mitkam. Wir reisten mit zwei Autos, zwei prächtigen Studebakers. Ich saß zwischen Nene und Rosetta, am Steuer irgendein Baron, ein junger, dummer Kerl, der keinen Spaß, aber etwas von Bildern verstand. Er fuhr die ganze Zeit halb zu uns gewandt, um mit Nene über Inszenierungen und französische Namen zu plaudern. Momina war vorne in Mariellas Auto, mit lauter Leuten, die ich gerade erst kennengelernt hatte. Es war noch dunkel und sah nach Regen aus. Doch alle schworen, dass sonntags an der Riviera die Sonne scheint.

Rosetta sprach kaum. Wieder staunte ich über Nene, ob sie nun Malerin oder Bildhauerin war, mit ihren dicken Lippen und Ponyfransen und ihrer frechen Art zu lachen wie ein Kind. Dabei war sie gut dreißig, wenig jünger als ich. Sie war auch naiv und impulsiv, und als Rosetta sie fragte, wie es Loris gehe und warum er nicht mitgekommen sei, verhaspelte sie sich und senkte die Stimme, als sei sie auf frischer Tat ertappt worden. Seltsames Mädchen – sie wirkte wie eine Eidechse. Wahrscheinlich war sie in Wirklichkeit tüchtig, und eine Künstlerin muss eben so sein.

Doch ich war müde, wir hatten die Nacht im Haus des Barons verbracht, gegessen und auf die Mädchen gewartet, um aufbrechen zu können. Ich nickte ein. Auf dem Apennin wehte ein hässlicher Wind, und mitten im Wald überfiel uns der Regen. Dann, als es allmählich hell wurde, ließ der Regen nach, bis wir schließlich unter den letzten Tropfen mit offenen Fenstern in der lauen Luft am Meer entlangfuhren. Hier waren die Gärten grün und blühten schon. Ich fragte Rosetta, ob sie dieses Jahr ans Meer gehe. Sie sagte nein, sie fahre wieder nach Montalto.

Unser Ziel war eine Villa oberhalb von Noli, aber jemand sagte: »Fahren wir nach San Remo.«

»Eigentlich«, sagte der Baron, »wollte ich mich ein bisschen ausruhen.«

Während sie diskutierten, erreichten wir die Piazzetta von Noli. Momina gesellte sich zu uns. Um diese Zeit, im ersten Licht, war der Platz menschenleer, die Cafés geschlossen.

»Auch diesmal sind wir früh auf«, sagte Momina zu mir.

Rosetta rauchte, die Tasche umgehängt und ans Geländer gelehnt, mit dem Rücken zum Meer.

»Ich habe noch nie um diese Zeit das Meer gesehen«, sagte Nene.

»Das schafft man nur, wenn man die Nacht durchmacht«, sagte Momina, »aber es lohnt die Mühe nicht. Besser als das Meer ist dieses Lüftchen, das nach Blumen duftet.«

Dann fuhren wir weiter. Der Baron hatte sich durchgesetzt. Wir bogen ab ins Gebirge und erreichten zwischen Mäuerchen und gefährlichen Kurven die Villa, die wie ein großes Gewächshaus zwischen den Magnolien stand.

## XXI

Während wir durch den Garten spazierten, erzählte uns Rosetta, dass sie im Jahr zuvor Nonne werden wollte. Ich war mit ihr und Momina abseits durch das Wäldchen bis zu einer Balustrade gegangen, von der aus man übers Meer blickte.

»Aber Mädchen wie mich wollen sie nicht«, sagte sie.
»Warum? Wenn du Geld hast?«, fragte Momina.
Rosetta begann leise zu lachen und sagte, Nonnen müssten Jungfrau sein.
Momina sagte: »Es ist doch eine Hochzeit wie jede andere. Alles, was von einer Braut verlangt wird, ist, dass sie sich weiß anzieht.«
»Hier oben ist es schön«, sagte Rosetta. »Aber morgen wird es schon weniger schön sein. Um etwas Achtung vor der Welt und den Menschen zu bewahren, muss man ohne alles auskommen. Das Kloster ist eine Lösung.«
»Und was hättest du so allein gemacht? Madonnen gemalt?«, sagte Momina. »Ich wüsste nicht, wie ich dort die Tage herumbringen sollte …«
Rosetta zuckte bei Mominas Anspielung die Achseln. Ich selbst bemerkte es kaum. Doch schon näherten sich Mariella und die anderen unter den Magnolien, und Momina brummte: »Ein Tag nach dem anderen genügt. Bringen wir erst mal diesen hinter uns …«
Der Tag war wirklich vielversprechend, wären nur die Damen – Schwestern und Freundinnen des Barons – samt ihren Männern nicht gewesen, die unbedingt Radau

machen wollten und die Hausmeister, zwei unwirsche Alte, antrieben, sie sollten aufschließen, Sachen bringen, die Veranda herrichten. Ein bisschen Ordnung schaffte Momina, indem sie vorschlug, uns ein Zimmer zuzuweisen und uns ein Stündchen ausruhen zu lassen.

Diese Villa war eine Pracht, voller massiver Möbel und Sessel, aber alles mit weißen Tüchern geschützt, sogar die Kronleuchter. Die hölzernen Regalbretter waren noch gewachst. »Sieht aus wie ein mittelalterliches Schloss«, sagte Mariella, während sie einen Flur überquerte. Als sich das Gerenne zu den Toiletten gelegt hatte, setzte ich mich in einen Korbsessel, und Mariella richtete sich vor einem Spiegel die Haare, Momina hatte die Schuhe ausgezogen und sich aufs Bett geworfen, Nene und Rosetta tuschelten am offenen Fenster. Ich dachte an die Filme über amerikanische Mädchen, die alle in einem Zimmer wohnen, und eine etwas Ältere, Durchtriebenere macht das Kindermädchen für die anderen. Und ich dachte, dass es alles bloß Schau ist: Die Schauspielerin, die die Naive gibt, ist die bestgeschiedene und bestbezahlte. Ich lachte in mich hinein, und Momina, die rauchte, sagte: »Sie könnten uns doch ein Gläschen heraufschicken …«

»Ich verstehe nicht«, begann Mariella, »warum Donna Paola sich anzieht wie eine Zigeunerin, mit Ohrringen …«

Sie redeten ziemlich lange über die Ohrringe und die nicht anwesenden Frauen. Irgendwann fuhr ich in meinem Sessel auf: Ich war erneut eingenickt. Ich spürte die Kühle des Zimmers und hörte Nenes aggressive Stimme rufen:

»Gemein bist du, gemein, ich habe es nicht nötig, irgendwen zu bemuttern.«

»Du hast es nicht nötig, aber du tust es«, sagte Momina.

Nene, mitten im Zimmer, schrie mit schriller Stimme: »Die Männer sind wie Kinder. Wir Künstler sind doppelt Kinder. Wenn du uns das wegnimmst, was bleibt uns dann?«

»Was willst du wegnehmen?«, sagte Momina. »Da gibt es nichts wegzunehmen, das Leben ist schon null. Ah«, – sie drehte sich auf dem Bett um – »ihr widert mich an ...«

Vom Fenster her sagte Rosetta: »Wenn du ihn lieb hast, Nene, dann kümmere dich nicht um das, was Momina sagt. Sie macht es nur, um dich zu ärgern ...«

»Allerdings«, sagte Mariella.

»Von wem sprecht ihr?«, fragte ich.

»Von Loris, diesem Genie«, sagte Momina und sprang vom Bett, »von einem Mann, der zum Baden eine Frau braucht, die ihn liebt ... Mir ist Fefé lieber.«

Unten ertönte ein Gong. »Gehen wir, Mädchen«, sagte Momina. »Ab in den Speisesaal.«

Auf der Veranda verzehrten wir das Frühstück, das die Hausmeister rasch im Dorf geholt hatten. Donna Paola in ihrem scharlachroten Zigeunerumhang spielte die Gastgeberin und entschuldigte sich, dass wir die Schüsseln mit der Hand weiterreichen mussten. Zu trinken gab es Chianti und Schnaps aus Cognacgläsern. Mariella schwatzte unentwegt. Gegen Ende der Mahlzeit mussten wir die Gardinen zuziehen, so heiß schien die Sonne durch die Scheiben.

Es war noch nicht Mittag. Als wir uns erhoben, versuchten wir, etwas zu unternehmen, jemand sagte: »Gehen wir ans Meer hinunter«, jemand anders verlor sich im Garten. Mir war ein dicklicher Kerl auf den Fersen, der mir von oben die Altertümer von Noli zeigen wollte. Mit einer Ausrede schüttelte ich ihn ab. Ich ging auf einen Sprung in das Zimmer im ersten Stock und setzte mich ans Fenster. Rauchend betrachtete ich die Bäume.

Aus dem Garten kamen Rufe und vertraute Stimmen herauf; sie sprachen wieder davon, nach San Remo zu fahren. Plötzlich ging die Tür auf; Mariella trat herein. »Ach, Sie sind hier«, sagte sie, »Entschuldigung.« Auf der Schwelle erkannte ich den Baron, der zurückwich.

»Soll ich gehen?«, fragte ich.

Mariella schenkte mir ein schönes Lächeln und machte dem Herrn die Tür vor der Nase zu. »Ich habe Sie gesucht.« Sie trat auf mich zu. »Das Unsympathische an diesen Ausflügen ist, dass immer einer zu viel ist«, zwitscherte sie. »Ich wollte Ihnen sagen, Clelia, helfen wir der armen Rosetta … Sie wissen, wie empfindsam und gescheit sie ist, wir waren so enge Freundinnen vorher … Wir müssen sie aus ihren krankhaften Gedanken herausreißen, sie zerstreuen …«

Ich wartete, worauf sie hinauswollte. Ich sah noch das schiefe Gesicht des Barons vor mir.

»Sagen Sie es ihr doch auch. Ich weiß, dass ihr euch getroffen habt … mit mir geht sie nicht gern aus. Überreden Sie sie, zu den Proben zu kommen. Man schafft es nicht, sie zusammenzuhalten, diese Mädchen. Wie schwierig es ist, etwas auf die Beine zu stellen.«

»Vielleicht«, sagte ich, »ist Rosetta erwachsen geworden. Sie will nicht mehr mit Puppen spielen.«

»Nein, nein«, sagte Mariella, »da gibt es Feindseligkeiten, Eifersüchteleien …«

»Mir scheint nicht, dass sie auf Nene böse ist.«

»Darum geht es nicht. Seit Momina gegen die Aufführung ist … selbst Momina, unglaublich … seitdem will Rosetta nichts mehr davon wissen, lässt uns im Stich.«

»Ich glaube«, sagte ich, »Rosetta hat versucht, sich umzubringen, weil sie Momina, die Aufführung, Sie und alle anderen satt hatte. Meinen Sie nicht?«

Sie sah mich an, frisch und betroffen. Dann fing sie sich wieder und sagte lebhaft: »Sie übertreiben. Rosetta ist ein gescheites, ehrliches Mädchen …«

»Genau«, wollte ich antworten, »genau«, da klopfte es an der Tür. Es war Momina.

»Wir fahren nach San Remo«, verkündete sie. Dann musterte sie uns mit kleinen Augen: »Ich muss mich über euch wundern.«

Wir kamen nicht bis San Remo. Nene wurde es schlecht, sie strampelte, krümmte sich auf den Polstern und wimmerte: »O wie schrecklich. Ich sterbe. Anhalten.« Auch das Auto vor uns hielt an. »Keine Sorge«, sagte der Baron, »das ist die Autokrankheit. Dieser Wagen spielt einem solche Streiche.«

Auch einer Frau aus der anderen Gruppe und dem dicklichen Kerl war schlecht. Wir ließen sie über das Mäuerchen spucken. Am tragischsten war Nene mit ihren dunkel geränderten Augen und ihrem zusammenhanglosen Gestammel. Jemand erklärte mir, dass die amerikanischen Straßenkreuzer so bequem gefedert seien, dass sie die gleiche Wirkung hätten wie Meereswogen.

Wir hatten in einer breiten Kurve unter einem großen Felsen gehalten, direkt über dem Meer. Rosetta beobachtete verdrossen die Szene.

»Ist euch danach, weiterzufahren?«, fragten wir die drei.

## XXII

Es war ihnen nicht danach, deshalb kletterten Momina und ich zwischen den Sukkulenten zum Strand hinunter. Mariella rief, wir sollten auf sie warten.

»Das ist das Meer«, sagte Momina, an die Felswand gelehnt.

»Mariella findet«, sagte ich zu ihr, »dass du mit Rosetta übertreibst.«

»Findest du, ich übertreibe?«, sagte sie kühl.

Juhu rufend kam Mariella mit zwei oder drei Männern angelaufen. »Sollen wir jetzt baden oder nicht?«, sagten sie.

»Nein, sammelt Kiesel«, sagte Momina, »aber steckt sie nicht in den Mund.«

Sie gingen tatsächlich davon. »Hör zu«, sagte ich beeindruckt zu ihr, »triffst du dich häufig mit Febo?«

»Er ist eingebildet, flegelhaft, rotzig und behaart. Was willst du mehr?« Sie lachte. »Interessiert er dich?«

»Nein«, murmelte ich, »ich wüsste gern, ob du nur Frauen magst.«

»Was hat diese dumme Gans dir erzählt?«

»Die dumme Gans bin ich. Ich begreife einfach nicht, warum Rosetta nicht heiratet. Was anderes kann sie ja nicht tun. Hängt sie noch an dir?«

Momina musterte mich einen Augenblick in der Sonne. »Ich mache mir nichts aus Frauen, und Rosetta auch nicht. Das ist die Wahrheit. Wenn es anders wäre, hätte ich keine Hemmungen, da kannst du sicher sein. Das ist eine Idee, die Rosetta sich in den Kopf gesetzt hat. Es ist vor drei Jahren passiert, wir waren am Meer wie jetzt … Sie kommt zu mir ins Zimmer und findet mich … Ich war nicht allein. Ein kleiner Scherz wie in Ivrea. Sie wollte damals die Mutige spielen, aber es hat sie nachhaltig beeindruckt, und sie hält mich für … für so etwas … wie ihren Spiegel. Verstehst du?«

Ich verstand. Die Geschichte war so absurd, dass sie wahr sein musste. Aber Momina hatte mir nicht alles gesagt, das war klar.

»Und warum heiratet sie nicht?«

»Würde das etwas ändern?«, fragte Momina. »Sich eine Position verschaffen muss sie nicht. Was ein Mann ist, weiß sie … Und außerdem halten sie sie zu Hause fest.«

Mariella kam mit ihren Männern zurück. Von oben rief man uns. Sie hatten beschlossen, wieder einzusteigen und ganz langsam nach Noli zurückzufahren. Die Vorstellung, nicht nach San Remo zu fahren, missfiel mir nicht, aber was sollten wir in Noli tun? Ich beschloss, mich auf die kleine Piazza zu setzen und dort auf den Abend zu warten.

Wir hatten Nene in dem anderen Auto untergebracht; ich saß zwischen Momina und Rosetta, vorne saß Mariella mit dem Baron. Die beiden tuschelten, und plötzlich drehte sich der Baron um und fragte, ob uns im Auto schlecht würde. Dann sauste er los wie der Wind.

Ohne anzuhalten, durchquerte er Noli, durchquerte Spotorno, fuhr nach Savona hinein. Langsam wurde die Sache ärgerlich. Ich stupste Momina mit dem Ellbogen, zeigte auf Mariella, die sich an den Fahrer schmiegte, und sagte: »Ist dir nicht schlecht?« Da verlangsamte der große

Wagen sein Tempo, bog mehrmals ab, hielt an. Sie fragten: »Gehen wir tanzen?«

Es lohnte sich, an die Riviera zu kommen. An einer Piazza fanden wir einen Tea-Room, und die Passanten standen Spalier, als wir ausstiegen. Wir Frauen waren schon allein eine Varieténummer.

Drinnen sprach Momina aus, was alle dachten: »So«, sagte sie zum Baron, »Sie können sich ganz Mariella widmen. Mir ist heute nicht nach Tanzen.«

»Mir auch nicht«, sagte Rosetta.

»Mir auch nicht.«

Es war ein Lokal im Stil der Jahrhundertwende, mit durchbrochenen Stellwänden und Palmen. »Wir besichtigen Savona«, sagten wir zu den beiden. »Amüsiert euch gut.«

Erleichtert traten wir auf die Straße hinaus. Es gab nicht viel zu sehen in Savona, noch dazu am Sonntag, aber die Stadt machte den üblichen Eindruck. Es gab einen weiten Himmel mit ein paar Wolken, es gab Meerluft, wir gingen auf gut Glück los. In einem Café aßen wir Kuchen, beobachteten die Frauen und die Leute, die uns beobachteten. So gelangten wir bis an den Hafen, wo es anstelle von Häusern hässliche schwarze und rote Frachter gab.

»Es ist zu Ende«, sagte Momina. »Alles geht zu Ende.«

Wir kamen an den kleinen Kellerkneipen vorbei, wo sie Fisch brieten.

»Tja«, sagte Momina, »dein Freund Morelli würde uns jetzt zu einem Liter Wein einladen. Das Problem ist, dass er nichts verträgt.«

»Und wie steht's mit dir?«, sagte Rosetta.

»In Rom könnte man so was machen«, sagte ich. »Das ist das Schöne an Rom.«

»Den Wein vertrage ich. Morelli vertrage ich nicht immer.«

Wir lehnten uns an das Mäuerchen am Wasser und zündeten uns eine Zigarette an. »Dieses Leben habe ich auch geführt«, sagte ich zu Rosetta. »Nicht in der Kneipe, aber im Milchladen. Turin ist voll von Mädchen, die so leben.«

»Das muss auch was Schönes haben«, sagte Rosetta. »Als ich noch zur Schule ging, kam ich morgens immer an einem Milchladen vorbei, und im Winter sah man durch die Scheiben die Leute, die sich die Hände an den Tassen wärmten. Es muss schön sein, so allein dazustehen, während es draußen kalt ist ...«

Ich sagte ihr, dass die Mädchen morgens nicht immer Zeit haben, sich die Hände zu wärmen. Man kippt das heiße Getränk hinunter und hastet, auf jemanden fluchend, ins Büro.

Da sagte Rosetta zu mir: »Sind Mädchen, die arbeiten, Ihrer Ansicht nach dumm? Sollten sie sich lieber verkaufen?«

Momina, die aufs Wasser blickte, sagte: »Sieht aus wie eine Kloake. Spülen sie hier ihr Geschirr?«

»Auch ins Büro gehen bedeutet, sich zu verkaufen«, antwortete ich Rosetta, »es gibt viele Arten, sich zu verkaufen. Ich weiß nicht, welche am sinnlosesten ist.«

Ich wusste auch nicht, warum ich ausgerechnet zu ihr solche Dinge sagte. Tatsächlich dachte ich ganz anders.

Rosetta erwiderte betroffen: »Ich weiß, dass das Leben schwer ist ...«

»Ach, hört schon auf«, sagte Momina, »von Politik zu reden … Los, gehen wir.«

Wir gingen jetzt mitten auf der Straße. Rosetta warf mir nachdenkliche Blicke zu. Auf einmal sagte sie:

»Sie dürfen nicht glauben, dass ich die Prostituierten verachte, Oitana. Man tut alles Mögliche, um zu leben … Aber ist es nicht einfacher, von seiner Arbeit zu leben?«

»Das ist auch eine Arbeit«, sagte ich. »Glauben Sie ja nicht, dass man es wegen etwas anderem macht. Der Mechanismus ist derselbe.«

»Ich finde Prostituierte dumm«, sagte Momina. »Es reicht schon das Gesicht, das manche haben.«

»Das hängt davon ab, wen du als Prostituierte bezeichnest«, sagte Rosetta. »Das Gesicht, das du meinst, haben nur die, die es zu nichts gebracht haben.«

»Man muss sich eben zu helfen wissen«, sagte Momina.

Endlich fanden wir auf der Piazza den Studebaker und unser Lokal wieder. Momina sagte: »Gehen wir hinein?«

Die beiden tanzten zwischen den Palmen, umschlungen wie ein Liebespaar. Wir beobachteten sie eine Weile von der Theke aus. Mariellas hohe Gestalt und ihr blonder Kopf fielen auf. Da ist mal eine, die sich zu helfen weiß, dachte ich.

Mit einem leicht abwesenden Lächeln kamen sie zu uns herüber. Sie hatten viel getrunken. Der Baron forderte Rosetta zum Tanzen auf. Sie tanzten. Dann sagten wir ihm, es sei besser, zurückzufahren. Aufgeregt sagte Mariella, sie wollte doch Savona mit uns besichtigen. Rosetta erwiderte sehr ernst, das lohne sich nicht.

Im Nu waren wir in Noli, und es war noch nicht Abend. Das Meer begann sich gerade zu verfärben. Wir trafen die anderen im Café auf der Piazzetta, gelangweilt und lärmend. Wir beschlossen, an Ort und Stelle zu essen und danach gemächlich, ohne Geholper, nach Hause zu fahren.

## XXIII

Am nächsten Tag bekam ich in der Via Po Besuch von Nene, die die Salons anschauen wollte und sagte, es sei töricht von ihr gewesen, dass ihr schlecht geworden sei. Sie ging umher, betrachtete Nischen und Spiegel, Porzellan und Rahmen und lud mich zu einem kleinen Fest ein, das sie in Loris' Atelier geben wollten. Sie fragte, warum ich das Geschäft nicht mit etwas Modernem einrichtete. Sie schimpfte auf Febo. Sie sprach von den jungen Turiner Malern, eigennützig und naiv. Ich erwiderte, dass ich Pläne ausführte und in diesen Tagen sehr viel zu tun hätte.

Am selben Tag schickte mir Mariella einen Strauß weiße Rosen und ein Kärtchen: »Zur Erinnerung an einen makellosen Ausflug.« Bei dem Abendessen in Noli hatte die Baronin uns alle gefragt, ob wir uns in Savona gut unterhalten hätten. Auch Mariella lud mich zu einem Abend im engsten Kreis zu sich nach Hause ein: Jemand würde Gedichte lesen. Ich antwortete ihr, dass ich zu tun hätte.

Morelli lud sich selbst zum Abendessen an meinem Tischchen ein. Er fragte, warum wir nicht oben in meinem Zimmer äßen. Ich antwortete, so etwas täte ich nicht einmal mit einer Freundin.

Sogar Maurizio schickte ein Lebenszeichen, einen langen Brief, in dem er mir schrieb, dass ich ihm alles in allem fehlte, in Rom würden ihn schon manche mit seiner Witwerschaft aufziehen, und ich solle bitte nicht mit einem Spieler des FC Turin verheiratet zurückkommen, sondern ihm endlich sagen, ob er die Villa für dieses Jahr bestätigen dürfe. Ich merkte, dass es mir nicht mehr gelang, die römischen Gesichter vor mir zu sehen, und dass ich in der Erinnerung häufig Maurizio mit Guido verwechselte. Was ich aber nicht verwechselte, waren die überspannten Zeiten mit Guido, sein Schmollen, seine und meine Manien, und Maurizios stille Ergebenheit. Maurizio war schlau, Maurizio hatte es nicht eilig. Diese Dinge bekommt man, wenn man längst ohne sie leben kann.

Ich sprach mit Rosetta darüber, als sie mich wieder besuchte. Sie erschien wie gewöhnlich in der Tür, als ich gerade ging. Ich sagte ihr, man habe mich zu Loris' Fest eingeladen. »Gehen Sie hin?«, fragte sie mich mit einem flüchtigen Lächeln.

»Nene will mich, Mariella will mich. Als junges Mädchen, als ich noch im Milchladen aß, hätten mich diese Einladungen verrückt gemacht. Stattdessen gingen wir damals auf die Hügel.«

Rosetta fragte, wie ich zu jener Zeit meine Sonntage verbracht hätte. »Ich habe es Ihnen doch gesagt. Wir gingen auf die Hügel. Oder zum Tanzen. Oder ins Kino. Balgten uns mit den Jungen.«

»Auf den Hügeln habt ihr solche Sachen gemacht?«

»Wenig.« Ich sah sie an. »Viel weniger als das, was man in anderen Kreisen tut.«

»Loris«, sagte Rosetta, »hat mich manchmal in die Cafés der Unterwelt mitgenommen.«

»Wo Blut fließt«, sagte ich. »Haben Sie Blut fließen sehen?«

»Loris hat Billard gespielt. Oft gab es Varieté. Widerliche Frauen …«

»Glauben Sie an diese Unterwelt?«

»So etwas macht man, um es zu sehen«, sagte Rosetta. »Es ist ein Leben, ein Elend, das uns entgeht.«

»Die Dinge zu sehen reicht nicht«, sagte ich zu ihr. »Ich wette, Sie haben aus dieser ganzen Erfahrung nur eins gelernt ...«

»Was denn?«

»Sie haben Loris besser kennengelernt.«

Rosetta tat etwas, das ich nicht erwartet hatte. Sie lachte. Sie lachte auf ihre gezwungene Art, aber sie lachte. Sie sagte, Nene habe Recht: Die Männer seien Kinder, die Künstler doppelt Kinder. Es habe nicht viel dazugehört, Loris kennenzulernen, viel weniger, als ihn loszuwerden.

»Ich glaube nicht an diese Redensart mit den Kindern«, sagte ich. »Die Männer sind keine Kinder. Sie werden auch von allein erwachsen.«

Wieder reagierte Rosetta unerwartet. »Sie machen alles schmutzig«, sagte sie. »Wie die Kinder.«

»Wie, schmutzig?«

»Alles, was sie anfassen, wird schmutzig. Wir, das Bett, die Arbeit, die sie tun, die Wörter, die sie benutzen ...«

Sie sprach voller Überzeugung. Sie war nicht einmal ärgerlich.

»Der einzige Unterschied zu den Kindern ist, dass die nur sich selbst schmutzig machen.«

»Und Frauen machen nichts schmutzig?«, sagte ich.

Sie sah mich mit ihren harten Augen freimütig an. »Ich weiß, was Sie denken«, stotterte sie, »das meine ich nicht. Ich bin nicht lesbisch. Ich war ein junges Mädchen, das ist alles. Aber die Liebe insgesamt ist eine schmutzige Angelegenheit.«

Daraufhin sagte ich: »Momina hat mir von euch beiden erzählt. Von dem Tag am Meer, als Sie, Rosetta, eine Tür geöffnet und Momina in Gesellschaft vorgefunden haben. Das hat Sie angeekelt, nicht wahr?«

»Momina«, sagte Rosetta errötend, »begeht viele Verrücktheiten. Manchmal lacht sie darüber, aber sie ist sich mit mir einig. Sie sagt, es gibt kein Wasser, das die Körper der Menschen reinwaschen kann. Es ist das Leben, das schmutzig ist. Sie sagt, dass alles falsch ist …«

Mir lag auf der Zunge zu fragen, warum sie dann lebte, ich konnte mich gerade noch bremsen. Ich sagte, zu der Zeit, als ich verliebt war, hätte ich zwar genau verstanden – solche Sachen weiß man einfach –, dass wir zwei Verrückte waren, dass mein Freund ein Versager war, der zu Hause weiterschlief, während ich durch Rom rannte, doch trotz allem lerne man nicht, sich selbst zu genügen, wenn man nicht die Erfahrung zu zweit gemacht habe. Das sei nicht schmutzig, bloß fehlende Bewusstheit – wie bei Tieren, wenn sie so wolle, aber auch bei unerfahrenen Menschen, die nur so herausfinden könnten, wer sie sind.

»Schmutzig kann alles sein, das ist eine Frage der Auffassung«, sagte ich. »Dann aber auch die Träume in der Nacht, das Autofahren … Nene hat sich gestern übergeben.«

Rosetta hörte zu, leicht lächelnd, mehr mit dem Mund als mit den Augen. So lächelte Momina, wenn sie über jemanden urteilte.

»Und wenn die Liebe vorbei ist«, sagte sie ganz ruhig, als wäre alles in Ordnung, »wenn heraus ist, wer ihr seid, was machen Sie dann mit den Dingen, die Sie gelernt haben?«

»Das Leben ist lang«, sagte ich. »Die Welt haben nicht die Verliebten erschaffen. Jeder Morgen ist ein neuer Tag.«

»Das sagt Momina auch. Aber es ist traurig, dass es so ist.« Sie blickte mich an wie ein Hund. Wir hatten nicht einmal bei den Schaufenstern Halt gemacht, die ich mir ansehen wollte. Wir standen vor dem Hotel.

»Kommen Sie doch zu Loris' Fest«, sagte sie zu mir. »Mariella wird mich auch hinschleppen wollen.«

So kam es, dass ich, als Momina mich anrief, zu ihr sagte, Mariella habe Recht: Sie übertreibe es mit Rosetta. Doch am Telefon dürfte man so etwas nie sagen. Ich hörte, wie Mominas Stimme härter wurde. Sah die Grimasse vor mir, mit der sie sagte:

»Diese Geschichte.«

Ich musste ihr erklären, dass es sich nur um ihre Gespräche handelte. Dass mir schien, Rosetta sei schon zu unzufrieden mit sich selbst, um auch noch ihre spöttischen oder bissigen Bemerkungen anzuhören. Dass man also lieber nicht an ihre Wunden rühren solle. Ich redete und merkte, dass Reden dumm war. Momina brauchte nicht einmal das Gesicht zu verziehen, sie räusperte sich bloß, während sie meinen Worten folgte.

Am Ende sagte sie kalt: »Ist das alles?«

»Hör zu, man verbringt die Tage damit, seine Nase in die Angelegenheiten der anderen zu stecken. Da soll es wenigstens etwas nützen. Ich habe dir meine Meinung gesagt.«

»Und diese dumme Gans von Mariella …«

»Mariella hat nichts damit zu tun. Das ist ein Gespräch unter uns.«

»Ich danke dir nicht.«
»Wer verlangt Dank von dir?«
»Verstehe.«
Dann, als wäre nichts gewesen, unterhielten wir uns darüber, was wir am Abend vorhatten.

## XXIV

Ab und zu interessierte sich Momina für das Geschäft und fragte, ob wir es schaffen würden, im Frühjahr zu eröffnen.

»Ich hab's satt«, sagte ich, »ich bin entmutigt. Nun kommt es auf Febo an.«

»Aber du arbeitest doch ständig dort.«

»Es gibt schon so viele schöne Schaufenster in Turin«, sagte ich, »was willst du da noch machen?«

Eines Abends nahm ich Becuccio beiseite und fragte ihn, ob er eine Freundin habe. Er scherzte, ohne sich zu verraten. Ich sagte, falls er mir Gesellschaft leisten und irgendwo mit mir hingehen wolle, ließe ich mich führen. Er machte ein paar Scherze, traute sich nichts zu entscheiden.

»Selbstverständlich«, sagte ich, »zahlt jeder für sich.«

Er schaute mich mit seinen fröhlichen Augen an und atmete tief durch. Er hatte alles, Windjacke, Schal, Lederarmband. Unentschlossen fasste er sich mit zwei Fingern ans Kinn.

»Heute Abend«, sagte ich. »Nicht morgen. Sofort.«

»Ich rasiere mich«, sagte er.

»In einer halben Stunde gehe ich.«

Pünktlich tauchte er wieder auf. Wer weiß, wo er hingerannt war, um sich Geld zu beschaffen. Er hatte sich Duftwasser ins Haar geschmiert.

»Wir essen«, sagte er, »und dann gehen wir ins Kino.«

»Ins Kino gehe ich allein. Heute Abend will ich bummeln gehen.«

»Dann bummeln wir eben.«

Zum Essen führte er mich in eine toskanische Osteria am Corso Regina. »Es ist schmutzig«, sagte er, »aber man isst gut.«

Ich sagte: »Becuccio, schummeln Sie nicht. Wohin gehen Sie mit Ihren Freunden?«

»Dahin gehen wir hinterher«, sagte er.

Während wir aßen und tranken, unterhielten wir uns über das Geschäft und darüber, wann die aus Rom kommen würden, um es zu eröffnen. Becuccio hatte noch nie eine Modenschau gesehen und fragte mich, ob da auch Männer zugelassen seien. Er beklagte sich, dass seine Arbeit immer mit dem Einsetzen der Türen und Fenster und vor dem letzten Anstrich endete. Ich erwiderte, wir würden ihn einladen.

»Im Borgo-Dora-Viertel ziehen sie ein großes Haus hoch«, sagte er. »Der Bauleiter schickt mich dorthin.«

Er erzählte mir, in den zwei Jahren, die er diese Arbeit mache, habe er noch kein ordentlich hergerichtetes Zimmer gesehen. Am Ende habe das Unternehmen es eilig. Er riet mir, in den letzten Tagen darauf zu achten.

Er schenkte mir nach. Ich musste ihm die Hand festhalten. Ich fragte, ob er mich betrunken machen wolle. »Nein, nein«, sagte er, »wenigstens den Wein bezahle ich.«

Dann sprachen wir über die Tagelöhner, die die Regale montierten. Becuccio lachte. »Wer weiß, woran der Kunstschreiner aus dem königlichen Palast gerade arbeitet. Ich würde ihn Regale bauen lassen, diesen Monarchisten.«

Irgendwann drückte er seine Zigarette aus und sagte, er wisse, warum er heute mit mir ausgehen dürfe.

Ich sah ihn an. »Ja«, sagte er, »das ist das Trinkgeld.«

»Welches Trinkgeld?«

»Am Sonntag werden wir fertig. Meine Arbeit ist dann zu Ende. Und Sie machen mir dieses Geschenk.«

Ich sah ihn an. Er sprach gut gelaunt, mit sich zufrieden, und lachte mit den Augen.

»Sie finden, es ist ein Geschenk?«

»Ich wünschte, es wäre früher gekommen«, sagte er. »Aber Sie sind schlau. Sie haben bis zum Ende gewartet.«

Ich spürte die Hitze im Gesicht. »Passen Sie auf, ich bin betrunken«, sagte ich. »Ich habe nichts zu verlieren.«

Er griff nach der Flasche. »Nichts mehr da.« Er winkte der Kellnerin.

Ich hielt ihn zurück. »Auf keinen Fall. Jetzt gehen wir zu Ihren Freunden.«

Wir traten auf die Allee hinaus. Er fragte, ob mir wirklich etwas an seinen Freunden liege, ob ich ihn Billard spielen sehen wolle.

Ich sagte: »Schämen Sie sich mit mir?«

Sofort nahm er meinen Arm (wir waren losgegangen) und sagte, alle Frauen seien gleich: ›Ich schaue dir beim Spielen zu‹, sagten sie, und dann machten sie nicht mit, benähmen sich wie beim Zahnarzt, langweilten sich. »Sie dahin mitzunehmen bringt mir nichts … Ich wäre weder ganz bei Ihnen noch beim Billard. Ich kann Sie ja nicht herumkommandieren …«

»Wieso, kommandierst du deine Freundin herum?«

Unwillkürlich duzte ich ihn. Es war nicht das erste Mal. Aber zum ersten Mal nannte er mich Clelia, als er antwortete.

»Macht man das in Rom nicht so?«, fragte er. »Sie, Clelia, kommandiert niemand herum?«

Da sagte ich: »Entscheiden Sie sich. Wohin gehen wir?«

Wir gingen ins ›Nirwana‹ zum Tanzen. Nicht übel. Becuccio wollte seine Sache gut machen. Es war ein Saal mit Säulen und einem vierköpfigen Orchester. Mir fiel ein, dass ich in der Nacht mit Morelli und Momina schon hier gewesen war. Es wäre komisch, wenn ich jemandem begegnen würde, dachte ich. Zielstrebig führte mich Becuccio in seiner Windjacke zu den hintersten Tischchen. Einen Augenblick lang stellte ich mir vor, jeden Abend mit ihm auszugehen. Wir würden uns an der Ecke Corso Regina treffen, und eines schönen Tages würde ich ihn auf dem Motorrad ankommen sehen. Stolz würde er zu mir sagen: ›Halt dich gut fest. Wir fahren mit neunzig Sachen.‹ Was für ein Mann wäre Becuccio gewesen?

Beim Tanzen scherzten wir über seine Freundin. Ich sagte: »Wenn sie auf einmal mit ihrem Bürochef hier vorbeitanzen würde, was würdet ihr dann für Gesichter machen? Wer von euch beiden würde zu schreien anfangen?«

»Das kommt auf ihre Ausrede an«, sagte Becuccio augenzwinkernd.

Innerlich war ich entschlossen. Ich war nicht betrunken, aber die schlechte Laune, die Müdigkeit, der Ärger waren verflogen, ich tanzte und unterhielt mich zufrieden, innerlich warm. An alles andere würde ich morgen denken. Das bisschen Musik und Becuccios Schal genügten für heute Abend.

»Bist du je«, sagte ich, »an Mädchen geraten, Nutten meinetwegen, die es aus Wut machen? Oder an solche, die nichts davon wissen wollen, nur weil sie auf die Männer sauer sind? An Mädchen, die es stört, jemanden neben sich im Bett zu spüren?«

Tatsache ist, dass ich zu viel redete. Und zwar so, wie Rosetta und die andere redeten. Becuccio nahm mich in die Arme, bog mich nach hinten, trat mir fast auf die Füße. Er hatte mir schon ins Ohr geflüstert: »Gehen wir?«

»Mädchen sind so launisch«, antwortete er. »Wer weiß, woher das kommt. Aber hat man sie erst im Bett, machen sie mit.«

»Sicher?«, sagte ich.

Er reichte mir den Arm, und wir kehrten an den Tisch zurück. Er umschlang meine Taille und drückte mich fest an sich.

»Nein, Becuccio«, sagte ich, ohne ihn anzuschauen, »ich fühle mich auch gern allein.«

»Gehen wir hinaus?«, fragte er.

Draußen, unter dem ersten Haustor, versuchte er mich zu küssen. »Sei brav«, sagte ich, »ich will niemandem Unrecht tun.«

»Auch nicht uns selbst«, stammelte er lachend und versuchte erneut, mich zu küssen.

Ich ließ ihn machen. Er presste mich an die Hauswand. Ich nahm den Geruch seiner Haare wahr, spürte den fordernden Mund, öffnete aber meine Lippen nicht.

»Du bist noch jung«, sagte ich an seiner Schulter, »zu jung. Ich mache diese Dinge nicht auf der Straße.«

Eine Weile gingen wir Arm in Arm, ohne zu wissen, wohin.

Es kam mir vor wie an den Abenden mit Guido, als Rom noch weit und ich noch nicht achtzehn war. Auch die Nacht war dieselbe, Ende März oder September. Becuccio war nicht beim Militär, das war alles.

Wieder umschlang er meine Taille. Ich hatte Lust, ihn zu küssen. Stattdessen sagte ich: »Was stellst du dir vor?«

Er blieb stehen und hielt mich fest: »Dass du mit mir kommst«, sagte er finster.

»Ich komme mit«, sagte ich. »Aber es ist ein Geschenk für heute Nacht. Denk daran.«

## XXV

Becuccio war Kommunist und sagte, er habe im Krieg gekämpft. Ich hatte ihn gefragt, ob er Soldat gewesen sei. »Ich war in Deutschland«, sagte er.

Da dachte ich an Carlotta, ob sie noch lebte und ob sie je wieder, so wie ich, eines Morgens an einem Fenster in Val Salice mit Blick auf diese Bäume aufwachen würde.

»Hier fährt auch die Straßenbahn«, sagte Becuccio.

Er ging hinunter, um zu zahlen, und wir frühstückten nicht. Der Besitzer, in Unterhose und Weste, sah uns, als wir gingen, wortlos nach. Ich dachte, dass die wichtigen Dinge immer dort geschahen, wo man es nicht vermutet hätte. In einem miserablen kleinen Hotel, einem Zimmer mit Waschschüssel, mit Laken, unter die man lieber im Dunkeln schlüpft. Draußen rauchte Becuccio in der Morgensonne.

Ich kehrte allein in mein Hotel zurück. Ich war nicht müde, sondern ruhig und zufrieden. Becuccio hatte mich verstanden, er hatte nicht darauf beharrt, mich zu begleiten. Ich war so froh, dass ich mir beinahe gesagt hätte: Bis Sonntag werde ich ihn sehen, wann ich will. Doch ich wusste, dass ich das nicht durfte; schon die Art, wie Becuccio mich am Kinn gefasst und mir in die Augen geschaut hatte, war mir zu viel gewesen. Im Hotel riss Mariuccia die Augen auf, als sie mir mein Frühstück brachte und das unberührte Bett sah. Ich stellte mir vor, was für ein Gesicht sie gemacht hätte, wenn sie mich eine Stunde früher gesehen hätte. Ich sagte ihr, ich sei für niemanden zu sprechen und wolle ein Bad nehmen.

An diesem Morgen rief ich Febo in der Via Po an. Er war nicht da. Becuccio nahm ab. Mit der gewohnten Stimme nannte er mich Signorina. Ich ließ Febo einige Sachen ausrichten und war frei. Ich versuchte, Momina anzurufen; sie war nicht da. Dann versuchte ich es bei Mariella: Sie waren zur Totenmesse für eine adelige Verwandte gegangen, die einige Wochen zuvor gestorben war. Die Kirche kannte ich, es war die Chiesa della Crocetta.

Gemächlich ging ich hinaus auf die Alleen, wo in diesen Tagen die ersten Blätter sprossen, und dachte an die Wäldchen in Val Salice. Als ich die Kirche erreichte, war der Gottesdienst vorbei; die schwarzweiße Anzeige und der Trauerflor hingen noch an der Kirchenfassade. Ich las den Namen der Toten: Sie war Tertiarierin gewesen, eine halbe Nonne. Eine Gruppe von Mädchen und Frauen stieg schwatzend in ein großes schwarzes Auto. Jemand hatte mir erzählt, das Eisengitter vor den Säulen oben an der Treppe sei – mit dem Geld aus einer Hinterlassenschaft – angebracht worden, damit die Bettler nicht in den Säulengang hineinkonnten. Eine Frau, die neben einem Korb auf den Stufen saß, verkaufte Veilchen.

Ich weiß nicht, warum ich beschloss, die Kirche zu betreten. Drinnen war es kalt, und ganz hinten löschte ein Küster die letzten Kerzen. Ich blieb neben einem Pfeiler stehen. Alle Kirchen sind gleich. Ich atmete den Geruch nach Weihrauch und welken Blumen ein. Ich dachte, dass auch die Priester sich auf Ausstattung verstanden, doch kostete es sie keine Mühe: Es war immer die gleiche, die Leute kamen sowieso.

Zwei Frauen traten aus dem Halbdunkel, Rosetta und ihre Mutter. Wir nickten uns zu; am Ausgang langten sie ins Weihwasserbecken und bekreuzigten sich. Die Mutter trug Pelz und einen schwarzen Schleier.

Draußen begrüßten wir uns, und Rosetta sagte zu mir, ich solle sie die paar Schritte bis nach Hause begleiten. So unterhielten wir uns leise über dies und das; die Mutter beglückwünschte mich zu dem Geschäft; sie hielt das schwarze Büchlein in der Hand. Trotz des Pelzmantels sah sie wie eine Hausfrau aus, und auch im Gespräch staunte sie über alles und seufzte. Am Tor einer efeubewachsenen Villa blieben sie stehen.

»Kommen Sie uns besuchen«, sagte die Mutter, »das Haus ist klein, aber Sie werden es uns nachsehen.«

Rosetta schwieg; dann sagte sie, sie begleite mich noch zur Straßenbahn.

Die Mutter sagte: »Bleib nicht zu lange. Ich vertraue sie Ihnen an.«

Wir gingen die kleine Allee hinunter. Ich erkundigte mich nach Momina und Mariella. Fragte, ob viele Leute da gewesen seien.

»Finden Sie es nicht auch ungerecht«, sagte Rosetta, »dass Totenfeiern, Taufen und Hochzeiten auf die gleiche Weise begangen werden? Bei Heiraten und Geburten, das verstehe ich, da gibt es Leute, die sich freuen und darüber reden wollen, aber die, die sterben, sollten allein gelassen werden. Warum sie noch weiter quälen?«

»Manchen Toten ist es wichtig.«

»Früher wurden wenigstens die Selbstmörder heimlich beerdigt.«

Ich antwortete nicht, ging weiter. Unvermittelt sagte ich: »Quälen wir sie nicht auch noch …«

Als wir an der Ecke stehen blieben, sagte ich: »Rosetta, lieben Sie Ihre Mutter?«

»Vermutlich schon, ja«, brummte sie.

»Ihre Mutter liebt Sie nämlich sehr«, sagte ich. »… Schauen Sie die Blüten an dem Baum dort … wie weiße Tüllflocken.«

Am Nachmittag sah ich Becuccio wieder. Er war auf eine Leiter gestiegen, um einen Kronleuchter anzubringen, und wir redeten von oben nach unten über den Leuchter.

Ich sah Febo wieder, und wir gingen im Salon Fotografien durch, als ich bemerkte, dass Becuccio geräuschlos eingetreten war. Die Röte stieg mir ins Gesicht, und meine Knie zitterten.

»Was ist?«, stotterte ich.

Doch Becuccio sagte gelassen, unten suche man mich. Es war Morelli mit einigen Damen, die die Arbeiten besichtigen wollten. Ich vertraute sie Febo an und ging hinunter, um mit den Elektrikern zu sprechen. Mittlerweile konnte jeden Tag Madame eintreffen und die Eröffnungslawine lostreten. Die Leiter hinauf- und hinunterkletternd, zwinkerte Becuccio mir zu, als wollte er sagen: »Ich mach das schon.« Febo, Morelli und die Damen gingen bald wieder und luden mich zum Tee ein. Ich sagte nein, ich bliebe noch.

Ich blieb, um Becuccio auf die Probe zu stellen. In den leeren, teils halbdunklen, teils blendend hellen Räumen erwartete ich bei jedem Schritt, ihn plötzlich vor mir zu sehen. Stattdessen fand ich ihn an der Tür, wie er sich die Jacke anzog.

»Gehen Sie nach Hause, Becuccio?«

»Ah, hier sind Sie«, sagte er. »Trinken Sie einen Wermut?«

Wir gingen ins Café gegenüber, wo wir am ersten Tag gewesen waren. Die Kassiererin musterte mich wie damals. Becuccio sagte, er sei sauer auf Febo, der die Regale dreimal habe ändern lassen und nun immer noch davon rede, die Leitungen neu zu verlegen und die Sockel aufzuhacken. Leute wie Febo habe er als Soldat kennengelernt, sagte Becuccio: die aktiven Offiziere. »Auf sein Handwerk mag er sich ja verstehen«, sagte er, »muss ja so sein. Auch die haben sich drauf verstanden. Aber ich mag keine Leute, die Material vergeuden …«

Als ich mein Wermutglas zum Mund hob, deutete ich ein Prosit an, einen Gruß mit den Augen, und Becuccio runzelte die Stirn und lächelte. Nein, er war kein Junge.

So traf ich mich an dem Abend mit Momina und Rosetta in den Räumen der Maler, wo wir den Ausflug nach Saint-Vincent beschlossen hatten. Jemand hatte Bilder ausgestellt, doch die brauchte man nicht anzuschauen. Wir drei blieben unten sitzen und ließen die Leute um uns herum kommen und gehen. Mir war, als kennte ich alle Gesichter: Es waren die gleichen wie in den Hotels, in den Salons, auf den Modenschauen. Niemandem lag etwas an den Bildern. Unwillkürlich dachte ich, dass ich für Rosetta und Momina so ein Typ sein musste wie Becuccio für mich. Auch mich störte es, wenn Leute Material vergeudeten. Rosetta und Momina sprachen inzwischen über Musik.

## XXVI

Momina sagte, Ausstellungen, Konzerte und Theater seien nur deshalb schön, weil viele Leute hingingen. »Stell dir vor«, sagte sie, »du wärst allein im Theater oder in einer Galerie ...«

»Aber was stört, sind doch die Leute.«

»Eben«, sagte Momina. »Ein Konzert, eine Schauspieltruppe, ein Ballett gefallen einem nicht immer. Man geht nur hin, wenn man Lust hat, etwas zu sehen und sich zu unterhalten. Es ist wie einen Besuch machen ...«

»Bei Musik ist es anders«, sagte Rosetta. »Mit der Musik muss man allein sein. Als in Turin noch anhörbare Konzerte gegeben wurden ...«

Ich fragte mich, was Becuccio dazu gesagt hätte. Doch allein der Gedanke war absurd. Nichts zeigt einem deutlicher, dass jeder auf seine Weise gemacht ist und seinen Weg geht, als eine Nacht, die man gemeinsam auf demselben Kissen verbracht hat.

Ich sagte zu Rosetta: »Lieben Sie Musik wirklich?«

»Ich liebe sie nicht, aber sie ist«, erwiderte Rosetta. »Sie ist etwas. Vielleicht nur Leiden.«

»Es muss sein wie beim Malen«, sagte Momina.

»O nein«, sagte Rosetta, »zum Malen brauchst du Ehrgeiz. Beim Musikhören dagegen gibst du dich hin ...«

Innerlich lächelte ich leicht. Trotz der vielen Dinge, die es auf der Welt gibt, trotz allem, was sie davon kannten und hatten, redeten sie über Musik, als handelte es sich um Kokain oder die erste Zigarette.

»Ich glaube«, sagte Momina, »dass die Künstler gar nicht leiden. Schlecht geht es anschließend dem, der ihnen zuhört, falls er sie ernst nimmt.«

»Es sind die anderen, die leiden und genießen«, sagte Rosetta. »Immer die anderen.«

»Wer den Wein macht, betrinkt sich nicht«, sagte ich. »Meint ihr das?«

»Nutten genießen nie«, sagte Momina. Auch Rosetta zuckte zusammen.

»Wer ist mehr Nutte als Nene?«, fuhr Momina fort. »Sie ist gescheit, handwerklich unübertroffen und so temperamentvoll, wie eine Bildhauerin nur sein kann. Warum konzentriert sie sich nicht darauf? Aber nein. Sie muss sich anziehen wie ein kleines Mädchen, sich verlieben, sich besaufen. Eines schönen Tages wird sie noch ein Kind kriegen. Sie hat sich ein Gesicht zugelegt … Sie glaubt, die anderen nehmen es ihr ab.«

»Du bist gemein«, sagte Rosetta.

»Momina hat Recht«, brummte ich. »Was zählt, ist die Arbeit, nicht das Wie.«

»Ich weiß nicht, was zählt«, sagte Momina. »Ich fürchte, gar nichts zählt. Wir sind alle Nutten.«

Wir brachten Rosetta mit dem Auto nach Hause, und am Tor der Villa sagte sie noch einmal verlegen, ob ich denn am nächsten Tag zum Tee käme. Auch Momina lud sie ein.

Als ich ankam, war Momina schon da. Rosettas Mutter, in lila Samt gekleidet, unterhielt sich mit einer dürren Signora, die mich zur Begrüßung von den Strümpfen bis zu den Haaren musterte und anfing, sich über die Röcke mit den breiten Falten zu beklagen und zu behaupten, ich weiß nicht wer werde sie bald wieder schmaler machen. In solchen Fällen sage ich immer, wer die Mode nicht zu gegebener Zeit akzeptiert, trägt sie dann im Jahr darauf, wenn sie vorbei ist. Danach übernahm es Momina, zu streiten und zu scherzen, und Rosetta führte mich ans Fenster und sagte, ich solle Geduld haben, diese Frau sei eine Pest.

Der Salon war leicht und luftig, er trug bestimmt nicht die Handschrift der Mutter. Ein Bogen teilte ihn in zwei Hälften, hier Sessel und zierliche Tischchen, dort ein langer, polierter Tisch unter einem Kronleuchter und ein breites, dreiflügeliges Fenster. Ich fragte Rosetta, ob sie schon lange hier wohnten. Sie sagte, nein, ihre früheste Erinnerung sei das Haus in Montalto; sie war im Borgo San Paolo in der Nähe der Fabrik geboren, doch die Wohnung sei jetzt sicher zerstört oder beschädigt.

»Sie wird den Garten sehen wollen«, sagte die Mutter. Rosetta sagte: »Ein andermal, es blüht noch nichts.«

»Zeig ihr die Bilder«, sagte die Mutter. Die Pest hatte aufgehört, sich über Mode auszulassen, und sagte, auch in Turin mache man schöne Sachen. »Wir haben es nicht nötig, dass ihr aus Rom daherkommt«, sagte sie. »Stimmt's, Rosetta? Wir können genauso gut schneidern und malen.«

Nach dem Tee ging sie, sie musste noch Besuche machen. Die Mutter stieß einen Seufzer aus und sah uns gut gelaunt an. »Die Arme«, sagte sie. »Sie meint es nicht so. Schlimm, wenn man Witwe wird.«

Wir gingen zu Rosettas Zimmer, das ich nur flüchtig sah, weiß und azurblau und im Hintergrund das Fenster. Im Flur öffnete Rosetta den Schrank, um mir ein Kleid zu zeigen, das laut Momina misslungen war. Im Schrank, da, wo die Tür offen stand, erahnte ich hellblauen Tüll.

Im Grunde gefiel mir dieses Haus. Der Mutter, der Ärmsten, musste es fast ebenso wichtig sein wie ihre Tochter. Sie hatten ein Dienstmädchen vom Land, aber in Schwarz mit Schürzchen: Die Mutter ließ sie nichts tun, sondern bediente uns selbst. Momina hatte einen Schuh abgestreift und rauchte gedankenverloren in ihrem Sessel.

Zu einer bestimmten Uhrzeit kam der Vater; die Brille in der Hand, trat er vorsichtig ein, mit geröteten Lidern. Er war ein Mann von eisengrauer Farbe – das ganze Leben steckte im Schnauzbart – und gedrungener, etwas schlaffer Gestalt. Doch in der Tiefe der Augen glich er Rosetta: Sein Blick war eigensinnig, voll Ungeduld.

Momina reichte ihm vom Sessel aus die Hand, mit ihrem boshaften Lächeln. Vor mir verbeugte er sich stotternd, seiner Frau warf er einen Blick zu. Er war ein altmodischer Mann, das sah man sofort, kein Morelli. Im Vorbeigehen berührte er Rosettas Wange, eine Liebkosung, und sie drehte rasch den Kopf weg.

Er sagte, er wolle nicht stören, doch es freue ihn, mich kennenzulernen. Ob ich die Frau aus Rom sei, die hier die neue Firma leite. Früher habe Turin Filialen in Rom eröffnet. »Die Zeiten ändern sich«, sagte er. »Sie werden merken, dass es nicht leicht ist, sich in Turin über Wasser zu halten. Hier war Krieg.«

Er sprach ruckartig, angestrengt, überzeugt. Seine Frau brachte ihm eine Tasse Tee. Er sagte noch:

»Haben Sie wenigstens Arbeit in Rom?«

Ich bejahte. Er sah sich um. »Man muss euch gut anziehen«, sagte er. »Ihr habt Recht. Die Welt gehört euch.«

Alle vier standen wir jetzt und sahen ihn an, wie er die Tasse hielt. Seine Frau, beleibt und geduldig in ihrem lila Samt, wartete. Ich begriff, dass er ein alter Mann war, dass er geduldet wurde, für die Frauen aber nur seine Arbeit zählte. Ich begriff auch, dass er es wusste und dankbar war, dass wir ihn reden ließen.

## XXVII

Rosetta sagte zu mir, sie verstehe ihren Vater nicht.

»Ich verstehe ihn«, sagte Momina dagegen. »Er gehört zu diesen Männern, die früher einen Bart trugen. Eines Nachts schneidet eine Frau ihn ihnen ab, und sie verbringen den Rest des Lebens damit, sich davon zu erholen.«

»Immerhin hat er eine Rosetta gemacht«, sagte ich.

»Wahrscheinlich wusste er nicht, wie er es hätte verhindern können.«

Momina bremste, hielt bei den Bogengängen an, und keine von uns rührte sich.

»Und doch ähnelt Rosetta ihm«, sagte ich. »Warst du keine gute Schülerin, Rosetta? Ich wette, dein Vater ist einer von denen, die sagen: ›Wenn ich jung wäre, würde ich von vorne anfangen.‹«

An meiner Schulter sagte Rosetta: »Alle jungen Leute sind dumm.«

»Und die Greise und die Greisinnen und die Verstorbenen. Alle verkehrt. O Clelia, zeig mir doch, wie man ein bisschen Geld verdient und sich nach Kalifornien absetzt. Dort, heißt es, stirbt man nicht.«

»Glaubst du das?«, sagte Rosetta.

Durch das Schaufenster sah ich Becuccio und winkte ihn heran. Er durchquerte den Bogengang und beugte sich zum Autofenster herunter. Während ich mit ihm sprach, fragte Momina Rosetta, warum wir nicht in die Hügel führen. Becuccio sagte zu mir, die Kisten seien noch nicht angekommen. »Du hast noch Zeit für einen kleinen Ausflug«, sagte Momina.

Wir fuhren wieder los. Ich sah Rosettas Gesicht im Rückspiegel. Stumm saß sie da, mürrisch, trotzig. Manchmal dachte ich, wie jung sie noch ist, ein kleines Mädchen, eins von denen, die man auffordert: ›Sag danke‹, und sie wollen nichts davon wissen. Im Grunde war es schrecklich, sie dabei zu haben und diese Reden mit ihr zu führen, schrecklich, aber auch lächerlich, komisch. Ich versuchte, mich zu erinnern, wie ich mit zwanzig Jahren war, mit achtzehn – wie ich in den Tagen war, bevor ich mich mit Guido zusammentat. Wie ich vorher war, als Mama immer sagte, ich solle nichts und niemandem glauben. Die Ärmste, was hatte es ihr genützt? Ich hätte gern die Ratschläge gehört, die Vater und Mutter dieser einzigen Tochter gaben, die so verrückt und so einsam war.

Momina streifte mich mit dem Ellbogen, als sie in die Straße einbog, die nach Sassi hinaufführt. Da verstand ich, dass die Mama, die ältere Schwester, die anspruchsvolle, böse Schwester von Rosetta in Wirklichkeit sie war, diese Momina, die mit Steinen warf und nicht einmal die Hand versteckte – die, wie ich mit Becuccio, nichts mehr zu verlieren hatte.

»Rosetta«, sagte ich, »haben Sie keine Freundinnen außer Momina?«

»Was ist eine Freundin?«, erwiderte sie. »Nicht einmal Momina ist meine Freundin.«

Momina, in die Kurven vertieft, erwiderte nichts. Mir kam in den Sinn, dass sich jedes Jahr jemand den Hals brach auf der Straße nach Superga. Wir fuhren schnell unter den hohen Bäumen hindurch. Als die Steigung sanfter wurde, konnte man von oben die Hügel, das Tal, die Ebene von Turin sehen. Ich war noch nie in Superga gewesen. Ich wusste nicht, dass es so hoch lag. An manchen Abenden sah man es von den Brücken über den Po aus dort oben liegen, schwarz und mit einer Lichterkette geschmückt, einer Kette, schräg über die Schultern einer schönen Frau geworfen. Doch jetzt war Vormittag, es war frisch und es schien eine Aprilsonne, die den ganzen Himmel ausfüllte.

Momina sagte: »Ich schaffe es nicht mehr.« Sie hielt neben einem Kieshaufen. Der Kühler rauchte. Also stiegen wir aus und betrachteten die Hügel.

»Es ist schön hier oben«, sagte Rosetta.

»Die Welt ist schön«, sagte Momina, hinter uns hergehend, »wenn nur wir nicht wären.«

»Wir sind die anderen«, sagte ich und sah Rosetta an. »Es genügt, ohne sie auszukommen, sie auf Distanz zu halten, und schon wird auch das Leben erträglich.«

»Hier ist es erträglich«, sagte Rosetta, »für einen Augenblick, für die Dauer eines Ausflugs. Aber schauen Sie Turin an. Es ist schrecklich. Man muss mit all diesen Leuten leben.«

»Du brauchst sie dir ja nicht im Haus zu halten«, sagte Momina zu ihr. »Geld ist doch zu etwas gut.«

Am Straßenrand waren eine Hecke und ein Gitterzaun; etwas weiter weg ein Wäldchen und eine große Zisterne aus Zement, ein Bassin voll erdigem Wasser und Laub. Es wirkte verlassen; die kleine Eisenleiter zum Hineinsteigen war noch da.

»Wem gehört diese Villa?«, sagte Momina. »In diesem Zustand.«

»Das wär's«, sagte ich, »dieses Fleckchen restaurieren und dann einladen, wen ich mag. Abends im Auto nach Turin hinunterfahren und nach Belieben ein paar Leute treffen. So würde ich leben, wenn ich ihr wäre. Hätte ich das als junges Mädchen gehabt.«

»Sie können das«, sagte Rosetta. »Besser als wir beide. Ihnen würde es vielleicht gefallen.«

»Solche Sachen macht man nicht«, sagte ich. »Es genügt, sie im Kopf zu haben. Um den Tag auszufüllen, muss man sich rühren. Ich bin nicht mehr so jung, dass ich gerne auf dem Land wohnen würde.«

Momina sagte: »Da nichts etwas wert ist, müsste man eben alles haben.«

»Wenn du nichts zu beißen hättest«, sagte ich, »wärst du weniger anspruchsvoll.«

»Habe ich aber«, schrie Momina. »Ich habe genug zu beißen. Was kann ich dafür?«

Rosetta sagte, auch die Mönche in den Klöstern verzichteten auf alles, aber nicht aufs Essen.

»Wir sind alle so«, sagte ich. »Erst kommt das Essen, dann das Gebet.«

Momina fuhr das Auto zu einer Kurve direkt über Turin, wir klappten das Verdeck zurück, setzten uns wieder hinein und rauchten. In der warmen Sonne roch es nach Gras und Leder.

»Auf«, sagte Momina, »gehen wir einen Aperitif trinken.«

An diesem Nachmittag kündigte ein Telegramm mir an, dass die aus Rom am nächsten Tag eintreffen würden. Die Lawine rollte an. Natürlich war Febo in eigenen Angelegenheiten unterwegs und ging nicht ans Telefon. Ich stürzte mich mit Becuccio in die Arbeit, wir fanden zwei

Dekorateure; es war schon dunkel, und wir hämmerten immer noch, probierten Lampen aus, nahmen Gardinen ab. Die Kisten kamen; auf Strümpfen wie eine Verkäuferin dekorierte ich ein Schaufenster, änderte es wieder und wieder. Um acht rief Mariella an, um mich an das Fest in Loris' Atelier zu erinnern. Ich schickte sie zum Teufel und drapierte weiter wutentbrannt meine Stoffe, denn ich wusste ja, dass es eine sinnlose Arbeit war, nur zur Schau; morgen würde Madame alles noch einmal neu machen. Die Agentur, die mir Verkäuferinnen schicken sollte, rief an und sagte, dass sie erst am Montag früh disponieren könnten. Auch das war vergeudete Zeit, da Madame über die Einstellungen entschied, das Personal aber schon vorfinden wollte, um es dann nach Belieben auszutauschen. Gefügig lief Becuccio hin und her, telefonierte, stemmte Kisten, ohne die Ruhe zu verlieren. Irgendwann (die Dekorateure waren schon gegangen) warf ich mich auf eine Kiste und schaute ihn verzweifelt an. »Ich bin seit einer Stunde fertig«, sagte er. »Heute ist Samstag.«

»Feigling«, sagte ich. »Auch du. Hau ab.«

»Gehen wir einen Happen essen?«, fragte er.

Ich sah mich um und schüttelte den Kopf. Daraufhin zündete er gemächlich eine Zigarette an, kam herüber und steckte sie mir in den Mund. Beim Öffnen der Kisten hatte er sich an der Hand verletzt. Ich sagte, er solle sie desinfizieren gehen.

Er kam mit einer Tüte Orangen und Brot zurück. Wir setzten uns zum Essen auf die Kisten und zogen kauend Bilanz. Alles, was möglich war, war getan, nur Febo musste noch einen Blick auf die Anprobesalons werfen, und es musste noch geputzt werden.

Becuccio sagte: »Wir haben sogar Zeit für einen Abstecher nach Val Salice.«

Ich sah ihn ernst an, dann schnitt ich eine Grimasse, dann sagte ich, dass solche Dinge nicht zweimal gelingen. Er beugte sich zu mir und fasste mich am Kinn. So sahen wir uns an, einige Sekunden. Er ließ mich los und richtete sich wieder auf.

Daraufhin sagte ich: »Es gibt ein Fest bei einem Maler. Die Mädchen gehen hin. Willst du auch mitkommen?«

Er fixierte mich kurz, mit neugierigem Ausdruck. Dann schüttelte er den Kopf.

»Nein, Chefin«, sagte er. »Ich gehe nicht über den Mittelstand raus. Das bringt nichts.«

Er versprach, am nächsten Tag Febo aufzuspüren und zu mir ins Hotel zu schicken. Er begleitete mich bis zu Loris' Haustor und ging, ohne mich zu bedrängen.

## XXVIII

Zum Glück war Becuccio nicht mit heraufgekommen. Ich sah, dass sie ein großes Geschmier in Schwarz auf einem Katafalk aufgebahrt und drum herum vier Kerzen angezündet hatten. Sie sprachen von Paris, und natürlich trug Momina das Ihre bei. Ich fragte, was los sei. Unbefangen sagte Nene, im roten Samtkleid, Loris zelebriere den Tod seiner zweiten Periode und werde eine polemische Rede halten. Doch es herrschte lautes Stimmengewirr, und Loris hatte sich aufs Bett verkrochen und grübelte mit geschlossenen Augen rauchend vor sich hin. Der ganze Raum war verraucht, und es gab mehrere Gesichter, die ich nicht kannte. Der alte Maler, der uns nach Saint-Vincent begleitet hatte, war da, die kleine Signora mit den lüsternen Augen im Atlaskleid, dieser Fefé vom Ball, eine blonde, kreischende Mariella. Rosetta entdeckte ich nicht sofort; dann sah ich sie in der Fensternische rauchen, ein halb buckliges Männchen stand vor ihr, und sie streichelte eine kleine Katze, die sie auf dem Arm hielt.

»Wie geht's?«, fragte ich. »Ist das Ihre?«

»Sie ist über die Dächer gekommen«, erwiderte sie. »Niemand hat sie eingeladen.«

Das Atelier war ziemlich aufgeräumt; auf einem Tisch neben dem Waschbecken standen Platten mit Vorspeisen und Süßigkeiten, Flaschen, etliche Gläser. Ich dachte, dass Nene an diesem Tag fast so viel gearbeitet haben musste wie ich, dass für sie jedoch mit der Nacht alles endete.

Die Stimmen und die erregten Gespräche klangen

schon recht närrisch. Ich hielt mich abseits, begrüßte beim Eintreten nicht einmal alle; ich fand einen Sitzplatz und etwas zu trinken und lehnte den Kopf an die Wand. Mariellas Stimme übertönte alle anderen, sie redete von einem Pariser Theater und einer schwarzen Tänzerin, die nicht die Baker war.

»Greift zu, greift zu«, rief Nene besorgt.

Der junge Mann vom Ball kam auf mich zu und gab mir Feuer. Er sah mich mit kleinen Augen an.

»Wo haben Sie Ihren Kavalier gelassen?«, sagte er.

»Ich bin kein Pferd«, antwortete ich.

Er lachte ordinär, wie damals. Die Hände in die Taschen schiebend, pflanzte er sich vor meinem Stuhl auf. »Zu viele Frauen hier«, sagte er. »Ich wünschte, Sie wären die einzige.«

»Nein, nein«, sagte ich, »Sie brauchen Leute um sich. Von den anderen lernt man immer etwas.«

»Laden Sie mich in Ihr Modeatelier ein. Es ist in aller Munde.«

»Aber selbstverständlich. Schon sind Sie ein Kunde.«

Aber er war dumm, fand nichts zu erwidern. Er grinste und fragte, ob ich Katzen möge. Likör mag ich lieber, sagte ich. Er ging mir ein Gläschen einschenken, machte eine Geste, als küsse er das Glas, und reichte es mir. »Trinken Sie, trinken Sie nur, wenn Ihnen was dran liegt«, sagte ich zu ihm. Schließlich trank er es aus.

Ich hörte zu, was der Halbbucklige Rosetta erzählte. Er war ein alter Junge mit faltigem Gesicht. Er redete von den Negern in Tombolo. Er sagte: »Sie waren immer voll Schnaps und Drogen. Nachts veranstalteten sie Orgien und Messerstechereien. Wenn eins der Mädchen starb, begruben sie sie im Pinienhain und hängten ihr Höschen und ihren Büstenhalter ans Kreuz. Sie liefen nackt herum«, sagte er. »Es waren echte Wilde.«

Rosetta streichelte das Kätzchen und sah mich von unten herauf an.

»Es passierten wahnsinnige Sachen«, sagte er. »Die Amerikaner machten Razzien, konnten sie aber nicht ausheben. Sie lebten in Laubhütten. Nach keinem Krieg sind je solche Dinge vorgekommen.«

Fefé gab mit vollem Mund seine Meinung zum Besten. »Schade, dass es vorbei ist«, sagte er. »Das wäre mal ein schöner Urlaub gewesen.«

Der Halbbucklige schaute ihn verärgert an.

»Entrüstet Sie das?«, sagte Rosetta zu ihm. »Haben diese Leute etwas anderes gemacht als wir? Mutig waren sie, mutiger als wir.«

»Ich verstehe die Neger«, sagte daraufhin Fefé, »aber die Frauen verstehe ich nicht. So im Wald zu leben …«

»Sie starben wie die Fliegen«, sagte der Bucklige. »Auch die Männer starben.«

»Man hat sie umgebracht«, sagte Rosetta. »Erfrieren lassen, verhungern lassen, erschossen. Warum?«

»Warum nicht?«, sagte der Bucklige grinsend. »Sie klauten. Machten sich gegenseitig kaputt. Stopften sich mit Drogen voll.«

Die Katze sprang von Rosettas Arm. Sie bückte sich, um das Tier wieder einzufangen, und sagte: »Die gleichen Dinge macht man in Turin. Was ist das größere Übel?«

Vom Bett her ertönte Geschrei. Irgendwer hatte ein Gläschen Schnaps angezündet und rief: »Macht das Licht aus.« Aus dem Kreischen der Mädchen hörte man Mariellas Stimme heraus. Jemand – ich glaube Momina – löschte tatsächlich das Licht. Es folgte ein Augenblick verwirrter Stille.

Ich suchte sofort nach Rosetta in der Dunkelheit. Mir war, als sei ich zu jener Nacht in meinem Zimmer zurückgekehrt, als sie das Licht gelöscht hatte. Doch schon sagten alle: »Wie schön. Lass es so.« Die vier Kerzen auf dem Katafalk und das bläuliche Flämmchen, das jemand auf den Boden gestellt hatte, erweckten den Eindruck, man befinde sich in einer Höhle. Dann riefen sie: »Loris. Loris soll reden«, doch Loris rührte sich nicht vom Bett weg, und Nene ging ihn schütteln, und sie stritten.

Ich sah die zwei Schatten am Gewölbe zappeln, hörte Loris fluchen. Offenbar waren nicht viele der eingeladenen Maler gekommen, und er sagte frech, für uns eine Rede zu halten sei sinnlos. Das Schöne war, dass ihn alle beim Wort nahmen und wieder Grüppchen bildeten und manche sich auf den Boden setzten. Sie begannen wieder zu trinken.

Mariella kam zu mir und fragte, ob ich mich gut amüsierte. Sie sagte, ich solle den Katafalk anschauen – wie theatralisch, wie surrealistisch er sei –, und fing wieder mit ihrer Aufführung an. Zum Glück holte Nene sie fast sofort weg, damit sie auch eine Platte herumreichte.

Rosetta trank viel, sie war finster. Jetzt saß sie in einer Gruppe, zu der auch Momina gehörte, am Fußende von Loris' Bett, und sie erzählten kleine Geschichten, schwiegen, kicherten. Im Widerschein der Kerzen bemühte ich mich, Nenes Blick auszuweichen; ich hatte gesehen, dass ihre Augen geschwollen waren, ich spürte die Krise, spürte ihren Ärger aufsteigen, weil das Fest so lahm voranging. Ihr blieb nichts, als sich zu besaufen, und bald war es so weit; doch sie hatte noch ein bisschen Hoffnung, dass jemand kam und wieder Leben hineinbrachte.

Irgendwer schlug vor, wir sollten gehen, uns mit der Flasche auf die Stufen des Artilleristen-Denkmals setzen. »Lasst uns Boot fahren«, sagte eine Frau. »Gehen wir auf Frauenjagd«, sagte die schrille Stimme eines Jungen.

Solche Dinge reizen zum Lachen. Sogar Loris lachte, auf dem Bett, mit seiner Pfeife.

»Und wir«, sagte eine Frau, »gehen auf Männerjagd.«

Wir waren verroht und verwirrt. Vielleicht war es auch die Wirkung dieses Gemäldes von Loris, das niemand beachtete. Den Anfang machte der alte Maler mit dem Chinesenbart. »In Marseille«, sagte er, »gehen die vornehmen Damen am Hafen in die Freudenhäuser und bezahlen dafür, sich hinter einem Vorhang verbergen zu dürfen.«

Ich dachte, dass ich eigentlich schlafen müsste, da morgen ein schwerer Tag war. Momina sagte: »Bezahlen, wieso? Sie tun den Häusern doch einen Gefallen.«

Loris, Fefé, der Halbbucklige und die anderen schrien durcheinander, dass es schön sei, die Frauen bezahlen zu lassen. Nene trat zu unserem Grüppchen. Wir bildeten nun einen einzigen Kreis, einschließlich der Katze auf Mominas Knien. Jemand betastete meine Hüfte. Ich sagte, er solle das lassen.

»Hört zu«, sagte ein neuer Junge, den ich nicht kannte, »wenn man über den Po zurückgeht, kommt man in die Via Calandra. Wir wissen« – er sah Momina und mich herausfordernd an –, »dass Damen da nicht gern hingehen. Nun gut, lasst uns gemeinsam hingehen. In die Osteria selbstverständlich. Durch die Scheiben sieht man das Kommen und Gehen. Seid ihr alle dabei?«

## XXIX

Nene flehte uns an zu warten, ob noch jemand komme, zu essen, alle zusammen zu singen. Zu Loris sagte sie, er solle sich nicht wie ein Schwein aufführen. Wenigstens trinken sollten wir, drängte sie, bis Mitternacht warten.

»Es ist Mitternacht«, sagten sie zu ihr. »Siehst du nicht, dass es schon dunkel ist?«

»Wir kommen dann wieder«, sagte Mariella.

»Nehmen wir die Katze mit?«, sagte jemand anderes.

Zum Aufbruch knipste irgendwer das Licht an, und alle hatten verstörte Gesichter. Ich verlor Rosetta und Momina aus den Augen, also musste ich mit dem Buckligen und Fefé hinuntergehen. Unten im Treppenhaus war ein Heidenlärm; Loris' Stimme dröhnte herauf. Ich überlegte zu gehen, doch Fefé sagte dummes Zeug zu mir, und auf der Straße sah ich die anderen Frauen nicht mehr. Kurz und gut, ich folgte ihnen in die Osteria an der Via Calandra.

Es ist keine kleine Gasse, sie erinnert ein bisschen an die Via Margutta. Mominas Auto stand schon vor der Tür, und in der Kneipe herrschte Durcheinander; die Leute an der Theke musterten uns feindselig. Wir hätten zwar auch Mädchen von den Häusern gegenüber sein können, aber um diese Zeit und alle auf einmal? Unterwegs mit den Kunden? Diese Dinge stellte ich mir vor, doch die jungen Männer – selbst Loris – sprachen sie laut aus. Mir wurde bewusst, dass sie uns einen Streich gespielt hatten, über den sie sich amüsierten, und wir waren wie blöd darauf hereingefallen. Ich begriff Momina nicht, sich für so was herzugeben. Doch Momina und Rosetta saßen schon an den rostigen Blechtischchen, und wir gesellten uns zu ihnen; Mariella setzte sich, der Maler setzte sich, Nene setzte sich. Mit der Zeit, als noch mehr von uns dazukamen, wurde es schwierig, sich zu unterhalten und zu begreifen, warum wir hier waren. Der Wirt ließ zwei schnauzbärtige Männer, die in der Ecke tranken, den Tisch wechseln und zwängte uns alle neben die Holzkästen mit Liguster am Eingang.

Schon vorher, als wir in die Straße einbogen – es gab allerdings kaum Laternen und Fenster –, hatten wir den Stand und den weiß gekleideten Mann gesehen, der Torrone und Kastanienkuchen verkaufte. Dann Grüppchen von Soldaten, junge Männer, die sich grölend in einen Hauseingang drängten, und Fefé hatte vor dem Eingang gehüstelt. Hinter der breiten Tür mit Glasscheiben war es halb dunkel, und ich roch den Gestank nach Pisse, Gaslampen und Frittiertem, den ich als Kind unten vor unserem Haus immer gerochen hatte.

In der Kneipe beklagte Nene sich schon, dass sie von ihrem Platz aus die Straße nicht sehen könne. Niemand von uns sah die Straße: An den Scheiben hingen sogar Gardinen. Um das Treiben draußen zu beobachten und zu genießen, musste man an der Theke stehen und sich vorbeugen, durch die Tür schauen, kurzum, sich bewegen. Der Halbbucklige und der elegante Junge, die uns in diese Kneipe geführt hatten, lachten miteinander und sagten zu Loris, eine gründliche Untersuchung über das Leben könne nur eine Frau anstellen, die den Mut habe, diesen Beruf auszuüben. Mariella saß da wie auf Kohlen.

Rosetta schwieg leicht betrunken, die Ellbogen auf dem Tisch.

Der Wirt wollte wissen, was wir trinken. Das Lokal war niedrig, holzgetäfelt, es roch nach Wein und feuchtem Sägemehl. Abgesehen von unserem Radau und dem dummen Gerede von Loris und den Jungen war es eine gewöhnliche Osteria mit ruhigen Gästen. Hinter der Theke stand sogar ein Mädchen, und ein Soldat unterhielt sich mit ihr, während er uns verstohlen betrachtete. Jeden Augenblick hätte Becuccio hereinkommen können.

Anstatt dem Wirt zu antworten, grölten meine Tischgenossen herum. Ich muss sagen, ich schämte mich. Ich versuchte, Mominas oder Rosettas Blick aufzufangen, ihnen ein Zeichen zu geben, mit mir wegzugehen. Doch Momina schrie irgendetwas, aufgeregt, verärgert über Loris. Rosetta erwiderte meine Blicke nicht. Nene war verschwunden.

Sie diskutierten und diskutierten, wollten Marsala mit Ei, in solchen Fällen trinke man Marsala mit Ei, sagten sie. Die Kleine in ihrem Atlaskleid lachte lauter als die Jungen, feuerte sie an, fragte, wo Nene sei und ob sie die Straße überquert habe. Wäre es möglich gewesen, sie wäre mit den Jungen in das Haus gegenüber gegangen. Das sagte sie. Sie warf dem Soldaten sogar mehrere Blicke zu.

Ich war auf das gefasst, was dann passierte. Nene kam zurück. Dann kam Wein – Rotwein vom Fass –, einige von uns tranken Grappa, Anisschnaps, China Martini. Loris fing an und sagte: »Chefin« (zu Nene), »Chefin, zeigen Sie uns die Mädchen. Die, die wir hier haben, sind keine besonderen Säue.«

»Was weiß der denn davon?«, zischte Momina zwischen den Zähnen.

Lachend und kreischend sagten sie auf einmal, man müsse es ausprobieren, Vergleiche anstellen, Punkte vergeben. Darauf folgte eine Diskussion darüber, welche von uns die beste Prostituierte gewesen wäre; mit Leib und Seele, sagte das bucklige Männchen. Auch über Mariella wurde verhandelt, bis sie sich schließlich ereiferte und die Sache mit den Punkten ernst nahm. Beinahe hätte sie mit Momina gestritten. Doch der alte Maler sagte, wir hätten alle unsere Vorzüge, es sei immer Ansichts- und Geschmackssache, und man müsse ein anderes Kriterium wählen, den Preis, das Etablissement, in dem wir hätten arbeiten können.

Jemand schlug Varietébars und Schaubühnen vor. »Nein, nein«, sagte der Bucklige, »hier ist von echten Huren die Rede.« Sie machten noch eine ganze Weile so weiter. Zuletzt waren die Jungen röter im Gesicht als Mariella. Für Rosetta fanden sie keinen Platz. »Eine Rotkreuzschwester«, beschlossen sie, »eine Naive für Frontkämpfer.«

Doch sie beließen es nicht dabei. »Ihr habt uns Appetit gemacht«, fingen sie an. Jetzt saß Fefé wie auf Kohlen da. Schon waren einige bis zur Tür gegangen und schauten blöde zwischen uns und der Straße hin und her. Momina erhob sich und ging ebenfalls zur Tür. Ich hörte sie lachend aufeinander herumhacken. »Da, da!«, sagten sie. »Grade geht ein alter Mann rein. Jetzt eine ganze Gruppe.«

»Rosetta«, fragte ich kalt, »finden Sie das wirklich so amüsant?«

Rosetta hatte hohlere Augen denn je und sah mich mit einem vagen Lächeln an. Nene, die mit ihren Pfoten auf ihren Nachbarn einschlug, stieß sie an. Rosetta stützte die

Ellbogen wieder auf den Tisch und sagte: »Morgen ist ein neuer Tag, meinen Sie nicht?«

Momina kam von der Tür zurück. »Diese Dummköpfe«, sagte sie, »diese Idioten. Sie sind tatsächlich rübergegangen.«

Gegangen waren Loris, der Bucklige und noch einer. Sie sagten es Nene. Nene zuckte die Schultern, leerte ihr Glas, zog einen Bleistift hervor. Sie schrieb ›Schwein‹ auf das Tischchen. Dann schaute sie uns herausfordernd, flehend, betrunken an.

Diesmal begleitete Mariella sie zur Toilette, und ich sagte zu dem gutmütig lächelnden Maler und zu Fefé, sie sollten die Rechnung begleichen. Dann setzten Momina, Rosetta und ich uns ins Auto und fuhren heim. Ich stieg fast sofort wieder aus, an der Porta Nuova.

## XXX

Am nächsten Tag brachte Becuccio mir Febo in die Via Po. Es war ein leerer, nutzloser Sonntag, denn wir verbrachten den Vormittag damit, nachzubessern, die Lampen an- und auszuknipsen, im Sessel sitzend Zigaretten zu rauchen. Madame kam nicht. Die übliche Geschichte. Ich lud Febo und Becuccio zum Mittagessen ins Hotel ein, damit ich schweigend dasitzen und mich ausruhen konnte. Sie fingen an, über Politik zu reden, und Febo sagte, in Russland gebe es keine Freiheit. Um was zu tun, fragte Becuccio. Zum Beispiel ein Geschäft wie unseres aufzuziehen, sagte Febo, es nach unserem Geschmack einzurichten.

Becuccio fragte, für wie viele Leute unser Geschäft gemacht sei. Febo sagte, die Leute spielten keine Rolle, Geschmack hätten sowieso die wenigsten. Becuccio fragte, ob wir zwei, die wir die Arbeiten geleitet hatten, frei gewesen seien, unsere eigenen Vorstellungen umzusetzen. Febo erwiderte, in Italien sei es einem Künstler noch möglich, seine Vorstellungen umzusetzen, weil die Herrschaften, die zahlten, dem Geschmack des Publikums Rechnung tragen müssten.

»Publikum, das heißt, die Leute«, erwiderte Becuccio, »und die Leute spielen keine Rolle, weil sowieso nur die wenigsten Geschmack haben. Wer entscheidet also?«

»Der Schlauere entscheidet«, sagte Febo.

Becuccio sagte, das wisse er, aber das sei ja das Übel. Es war das letzte Mal, dass ich mit ihm sprach. Er blieb noch einen Augenblick, als Febo gegangen war, und fragte mich, ob ich bald nach Rom zurückführe. Ich sagte, falls er nach Rom komme, solle er sich melden. Er fragte mich nicht nach der römischen Adresse. Er lächelte, reichte mir die Hand (das Armband trug er nicht mehr) und ging.

Ich verbrachte den ganzen Nachmittag allein, machte einen Spaziergang durch mein Viertel in die Via della Basilica. Jetzt erschreckten mich die Piazzetta, die Haustore und die Kneipen weniger. Porta Palazzo hieß jetzt Piazza della Repubblica. In den leeren Gassen und in Hinterhöfen sah ich kleine Mädchen spielen. Gegen Abend begann es zu nieseln, ein frischer, feiner Regen, der nach Gras duftete, und ich gelangte unter den Bogengängen bis zur Piazza Statuto. Dort ging ich ins Kino.

Madame traf in der Nacht mit dem Auto ein, samt Ehemann und allen anderen. So machen sie es immer. Sie weckten mich per Telefon – ich glaubte, es sei Morelli –, brachten das ganze Hotel durcheinander, ich musste mich wieder anziehen, mit ihnen Kaffee trinken, mir die Geschichte von einem Gewitter über dem Apennin anhören. Erst im Morgengrauen kam ich wieder ins Bett; ich war froh, denn nun war es nicht mehr an mir, Anweisungen zu geben.

Da wir im selben Hotel wohnten, nur durch eine Etage getrennt, hatte ich keinen Augenblick mehr Ruhe. Bei Tisch, in der Via Po, im Auto, ich war immer mit jemandem zusammen. Die Einrichtung missfiel Madame nicht; an der Treppe fand sie auszusetzen, dass sie keine Läufer hatte, und zwischendurch sprach sie davon, das Geschäft in die Via Roma zu verlegen. Dann reiste sie mit zwei Zeichnern nach Paris ab und ließ mir und ihrem Mann ausrichten, wir sollten die Eröffnung für Ostern vorbereiten. Ich verbrachte die Tage am Telefon, schaute mir Mannequins an, studierte Programme, spielte die Sekretärin und die Hausherrin. Morelli ließ sich wieder blicken, einige Damen tauchten auf und verlangten Rabatte, Gefälligkeiten, Arbeitsstellen für Patentöchter und Bekannte. Bei einer Abendveranstaltung im Hotel sah ich Momina und Mariella wieder.

Dann kehrte Madame mit einigen Modellen und Febo aus Paris zurück. Dieser Teufel war ihr auf eigene Faust hinterhergefahren und hatte sie verhext, er hatte sie überredet, eine Revuetruppe zusammenzustellen, um die Modelle vorzuführen. Im Hotel und in der Via Po begannen Musiker und Theateragenten ein- und auszugehen; Turin schien nicht mehr Turin zu sein; zum Glück brauchte man nur eine Sache anzufangen, und schon wurde am nächsten Tag etwas anderes erwogen, daher hörte ich auf, mich damit zu beschäftigen, und verbrachte die meiste Zeit im Atelier.

Eines Tages fragte ich mich: Was Rosetta wohl macht?, und rief Momina an. »Ich komme zu dir«, antwortete sie. »Ich weiß nicht, was ich davon halten soll. Diese dumme Gans hat sich schon wieder umgebracht.«

Mit klopfendem Herzen wartete ich auf das grüne Auto. Als ich es am Bürgersteig sah, trat ich aus dem Geschäft, und Momina schlug die Fahrertür zu, durchquerte den Bogengang und sagte zu mir: »Du hast es aber eilig.«

Sie war elegant, trug ein Federbarett. Sie ging mit mir in einen Anprobesalon hinauf.

»Es ist so, dass sie seit gestern nicht mehr zu Hause war. Ich habe vor einer halben Stunde versucht, sie anzurufen, und das Hausmädchen hat mir gesagt, sie sei mit mir unterwegs.«

Ein Irrtum war ausgeschlossen. Weder Mariella noch Nene hatten sie gesehen. Momina hatte nicht den Mut, die Mutter anzurufen. »Ich hoffte immer noch, sie sei vielleicht bei dir«, stotterte sie und verzog das Gesicht.

Ich sagte ihr, sie sei schuld; selbst wenn Rosetta sich nicht umgebracht habe, sei sie, Momina, an allem schuld. Ich weiß nicht, was ich ihr noch sagte. Mir war, als sei ich im Recht und könne mich rächen. Ich beschimpfte sie, als wäre sie meine Schwester. Momina blickte auf den Teppich und versuchte nicht, sich zu verteidigen. »Mich stört«, sagte sie, »dass man glaubt, sie wäre mit mir zusammen.«

Wir riefen die Mutter an. Sie war nicht zu Hause. Daraufhin klapperten wir mit dem Auto sämtliche Geschäfte und Kirchen ab, wo sie hätte sein können. Wir fuhren zur Villa, von dort wollte ich den Vater anrufen. Doch das war nicht nötig. Als ich aus dem Auto stieg, sah ich sie auf uns zukommen, dick und schwarz unter den Bäumen der kleinen Allee.

Den ganzen Tag lang telefonierten wir in Gesellschaft der beiden schreienden Alten herum und warteten und liefen zur Tür. Mir schien, als sei ich blind und taub gewesen, Rosettas Worte, ihre Grimassen und Blicke fielen mir wieder ein, und ich wusste, dass ich es immer gewusst, immer gewusst und nicht beachtet hatte. Doch dann sagte ich mir: Hätte man sie aufhalten können?, und dachte: Womöglich ist sie ausgerissen wie du mit Becuccio, und wieder standen mir ihre Grimassen, ihre Worte, ihre Blicke vor Augen.

Dann kamen immer mehr Leute. Alle sagten: »Sie finden sie. Es ist eine Frage der Zeit.« Mariella kam, ihre Mutter kam; Bekannte und Verwandte; jemand vom Polizeipräsidium kam. In dem luftigen Salon unter dem geschwungenen Kronleuchter ging es zu wie bei einem Empfang, und alle fragten sich, wie es sein könne, dass jemand, der wie Rosetta so lebenshungrig war, unbedingt sterben wollte. Irgendwer sagte, Selbstmord müsste man verbieten.

Momina redete mit allen, schneidend und höflich. Es fehlten auch nicht einige Frauen, die mich auf meine Arbeit ansprachen und sich nach der Eröffnung des Geschäfts erkundigten. In den Ecken begannen andere, ihre Meinung zu Rosettas Geschichte kundzutun. Ich konnte nicht länger bleiben. Madame erwartete mich.

Den ganzen Abend gingen mir die irren Augen der Mutter und das wie betäubte, wilde Gesicht des Vaters im Kopf herum, und ich konnte nicht umhin zu denken, dass er Rosetta ähnelte. Momina, die mich anrufen sollte, ließ nichts von sich hören. Ich saß mit den Zeichnern und Febo zusammen. Ich stand auf und griff selbst zum Hörer.

Das Hausmädchen sagte mir weinend, die Signorina sei gefunden worden. Tot. In einem Untermietzimmer in der Via Napione. Mariella kam ans Telefon. Mit gebrochener Stimme sagte sie mir, es gebe keinen Zweifel. Momina und die anderen seien hingefahren, um sie zu identifizieren. Sie selbst nicht, das könne sie nicht, sie würde wahnsinnig werden. Rosetta werde nach Hause gebracht. Sie hatte sich wieder vergiftet.

Um Mitternacht erfuhr ich den Rest der Geschichte. Momina kam mit dem Auto im Hotel vorbei und sagte,

Rosetta sei schon zu Hause auf ihrem Bett aufgebahrt. Sie wirke gar nicht tot. Nur die Lippen waren leicht aufgedunsen, als würde sie schmollen. Das Merkwürdige war die Idee, ein Maleratelier anzumieten, einen Sessel hineinstellen zu lassen, sonst nichts, und so am Fenster zu sterben, mit Blick auf Superga. Eine Katze hatte sie verraten – sie war mit ihr im Zimmer und hatte am nächsten Tag so lange miaut und an der Tür gekratzt, bis man ihr geöffnet hatte.

# Italo Calvino und Cesare Pavese:
# Ein Briefwechsel

San Remo, 27. Juli 1949

Lieber Pavese,

*Die einsamen Frauen* ist ein Roman, von dem für mich sofort feststand, dass er mir nicht gefallen würde. Ich bin noch immer dieser Meinung, obwohl ich ihn mit großem Interesse und Vergnügen gelesen habe.

Es stand für mich fest, dass er etwas wie *Gullivers Reisen* ist, eine Reise unter Frauen, oder besser, unter merkwürdigen Zwitterwesen zwischen Frau und Pferd; es ist eine Art Reise ins Land der Houyyhnhnm, zu den Pferden Swifts, Pferden mit unvermuteten Ähnlichkeiten mit dem Menschen, schrecklich widerwärtig wie alle Völker, auf die Gulliver trifft. Das ist gewiss eine neue Sicht auf die Frauen und eine lustige oder traurige Weise, sich an ihnen zu rächen. Am verwirrendsten ist diese behaarte Pferd-Frau mit rauchiger Stimme und einem Atem, der nach Pfeifentabak riecht, die in der ersten Person spricht und wo von Anfang an klar ist, dass das Du bist, mit Perücke und künstlichem Busen, der da sagt: »Seht her, ganz im Ernst, so sollte eine Frau sein«. Und der weiblichste Satz, den oben gerühmte Pferde aussprechen, ist der mit dem Wort *cazzo* darin, ein Wort, das im Aufbau der Seite ebenso viel Gewicht hat, wie wenn es von den Lippen einer Dame kommt. Nicht umsonst ist die, die es ausspricht, die Königin der Pferd-

Frauen, der Inbegriff aller möglichen Pferdhaftigkeit: Momina.

Das Lesbentum dagegen nimmt Dir keiner ab. Das ist nichts weiter als eine Zauberformel für etwas Dunkles und Verbotenes, das diese Pferd-Frauen treiben. Man denkt dabei weniger an Sappho als an Pasiphae: oder an merkwürdige Riten mit Pferdephallussen aus Buchenholz. Jedenfalls lebt die Erzählung von diesem Umkreisen eines morbiden Geheimnisses, das da in der Mitte schwelt, und von der allmählichen Annäherung daran. Und das ist meisterhaft ausgeführt: à la *Herz der Finsternis*, kurz gesagt.

Dann habe ich entdeckt, dass Dir *Die einsamen Frauen* und *Unter Bauern* dasselbe sind: zweimal die Reise eines »zivilisierten Menschen« zu den »Wilden«. Talino und Momina stehen für dasselbe. Die bäuerliche Welt und die dekadente Welt des Bürgertums sind gleichermaßen wild und werden von jemandem beurteilt (oder besser, betrachtet; wer könnte sich schon zum Richter über Kannibalen machen?), der aufgrund seiner Arbeit außerhalb des Milieus und seiner Instituionen (patriarchalische Familie, Salongesellschaft) steht: das heißt jemand, der mit Landwirtschaftsmaschinen arbeitet (und nicht nur einfach den Boden bearbeitet), der für die Pferd-Frauen die Kleider entwirft (und nicht jemand, der die Bilder malt oder die Häuser baut, sondern *von innen*).

Und die eigentliche Botschaft des Buches ist eine Vertiefung Deiner Lehre von der Einsamkeit, außerdem etwas Neues über den Sinn der Arbeit, über das System Arbeit-Einsamkeit, darüber, dass die Beziehungen zwischen Menschen, die sich nicht auf Arbeit gründen, etwas Monströses bekommen, über die Entdeckung der neuen Beziehungen, die durch die Arbeit entstehen (und das ist der schönste Teil, Clelia und Becuccio, diese Frau, die ihr Lebensgesetz als *Junggesellin* findet und sich die Männer nimmt wie unsereins die Mädchen). Heil sind einzig die Verbindungen zwischen Freunden, die von ungeschriebenen Gesetzen der Reinheit und Einsamkeit bestimmt sind: die Freunde aus *Der Teufel auf den Hügeln*, das Trio Clelia-Momina-Rosetta in *Die einsamen Frauen*.

All das sollte Dir gezeigt haben, dass ich an diesem Buch, das mir »nicht gefallen« hat, alle möglichen moralischen Verweise geschätzt habe; Gleiches könnte ich Dir über die Erzählstruktur sagen. Was mich nicht überzeugt, und das habe ich Dir auch schon bei anderer Gelegenheit gesagt, ist Deine Darstellung des Bürgertums. Schon in *Der Genosse* war der schwache Teil Lubriani und sein Liktorenturm. Wenn der *Teufel* (der meiner Meinung nach besser ist als die andere Erzählung) hinkte, so deshalb, weil die reichen Freunde nie so dicht dargestellt waren wie die anderen. Hier bleiben die anderen mehr angedeutet als wirklich inszeniert: Und die Bürgerlichen werden gesehen und sprechen in einer platten und journalistischen Manier. Um gut über die elegante Welt zu schreiben, muss man sie kennen und sie bis ins Mark erlitten haben, wie Proust, Radiguet und Fitzgerald, ob in Liebe oder Hass, ist gleichgültig, aber die eigene Stellung zu ihr muss klar sein. Du bist Dir da nicht im Klaren; das erkennt man an der Beharrlichkeit, mit der Du immer wieder auf das Thema zurückkommst, es stimmt nicht, dass Du darauf pfeifst, vielmehr scheint mir, Du hast noch nicht den richtigen Zugang entdeckt, mit dem Du die schicke Welt darstellen kannst. Wirst Du, geduldiger als Zola bei den Bergarbeitern, erneut in den Salon der Freunde I. eintauchen?

Dann habe ich nicht verstanden, was dieser Büffel-Architekt mit den zwei Pferde-Damen im Bett treibt. Onaniert er mit dem Kissen? Ich habe die Stelle mehrmals aufmerksam gelesen, aber das wird nicht klar.

Wenn es Dir *trotzdem* nicht widerstrebt, ein paar Tage am Meer zu verbringen, bist Du in aller Form bei mir eingeladen. Ich bin bis ungefähr 10. August hier. Schreib mir, wenn Du kommst, dann hole ich Dich am Bahnhof ab. Ich werde Dir meine poetische Welt im Rohzustand vorführen.[…]

Ciao, Stammesangehöriger!

Calv.

[Turin,] 29. Juli [1949]

Lieber Calvino,

es missfällt mir nicht, dass Dir *Die einsamen Frauen* nicht gefällt. Die Gründe, die Du dafür angibst, sind die märchenhafte Umschrift eines literarischen Themas; der Entwurf einer Novelle von Italo Calvino. Pferdhaftigkeit und Phallusse aus Buchenholz sind reinste Erfindung (alle Mythologien treffen aufeinander: Die Buche ist der Baum des Pelion, des Bergs der Kentauren).

Du verwendest zwei Schablonen für das Buch, wie zwei Brillen, und erhältst dadurch widerstreitende Eindrücke, machst Dir aber nicht die Mühe, sie zusammenzuführen.

Da ist die Auslegung von Talino und Momina als Geschwister, die Entdeckung, dass ich immer eine Reise in die andere Welt unternehme, dass bestialisch und dekadent für mich identisch sind (auch in *Gespräche mit Leuko*: Titanen und Götter im Gegensatz zum Menschen; größere Sympathie jedenfalls für die Bestien, die Titanen); dann verwendest du die realistisch-evokative Schablone (Proust, Radiguet, Fitzgerald) des Nichtbestehens dieser entdeckten Welt. Offensichtlich ist diese Welt eine Erfahrung der verschiedenen Ichs (Berto, Pablo, Clelia etc.), und diese Ichs sind das wahrhaft Ernsthafte (nicht Märchenhafte) der Erzählung. Du aber – Eichhörnchen mit der Feder – kalzifizierst den Organismus, indem Du ihn in Märchen und *tranche de vie* aufspaltest. Schäm Dich.

Sehr getröstet hat mich immerhin die Entdeckung der einheitlichen Strömung in den verschiedenen Werken.

Ich genieße die kannibalischen Erfolge. Nach San Remo komme ich bestimmt nicht. Ich bin doch nicht verrückt.

PAVESE

# Nachwort

Maike Albath
»Der Tod wird kommen und deine Augen haben«

Clelia trifft im Winter in Turin ein, Ende Januar. Wer Turin kennt, weiß um die Besonderheit des Lichts in dieser Stadt, vor allem im Winter: Durch die vielen Arkaden, die das gesamte Zentrum durchziehen, ist es gedämpft wie in einem Salon, kurz bevor die Lampen eingeschaltet werden. Die Konturen verschwimmen, alles bekommt eine sanfte Unschärfe, auch die symmetrisch angelegten Straßen und die Plätze. Paveses Heldin Clelia Oitana, eine selbstbewusste junge Frau, Modedesignerin, unverheiratet und von ihrer Chefin mit der Eröffnung einer Zweigstelle des römischen Ateliers betraut, scheint von klaren Überzeugungen geleitet. Die Turinerin aus kleinen Verhältnissen, die, in einen Pelzmantel gehüllt, zum ersten Mal nach siebzehn Jahren in ihre alte Heimatstadt zurückkehrt, hat einen sozialen Aufstieg bewältigt, auf den sie stolz ist. Sie weiß, wer sie ist, sie kennt ihre Fähigkeiten, bestreitet selbstständig ihren Lebensunterhalt, bewegt sich ungezwungen in den unterschiedlichsten gesellschaftlichen Sphären. Und sie ist sich selbst genug. »So sah ich Turin wieder, im Dämmer der Bogengänge«, lässt die Ich-Erzählerin gleich zu Beginn verlauten. Das verschwimmende Licht steht in einem starken Kontrast zu Clelias innerer Klarheit und deutet die untergründigen Konflikte bereits an. Es gibt etwas, das sich ihr entzieht. Eine Leerstelle.

Ein paar Seiten weiter lässt Cesare Pavese, der den schmalen Roman im Frühjahr 1949 innerhalb weniger Wochen schrieb und damit seine Turiner Trilogie *Der schöne Sommer* abschloss, seine Heldin auf dem Hotelflur auftauchen. Inmitten einer aufgeregten Schar von Bediensteten wird ein junges Mädchen in blauem Tüll auf einer Trage an ihr vorbeigebracht. »Obwohl die Augenlider und die Lippen leblos wirkten, erriet man ein Frätzchen, das geistreich gewesen war«, bemerkt Clelia abschätzig über das Mädchen, dessen Selbstmord gerade noch rechtzeitig abgewendet werden konnte. Pavese, und darin liegt eine seiner bahnbrechenden Neuerungen für die italienische Literatur, verzichtet auf einen deutenden Erzähler und macht die Psychologie seiner Figuren über deren Sprechweise kenntlich. Clelias Abwertung, die sich im dem Begriff des »Frätzchens« spiegelt, dient auch dazu, sich eine derartig extreme Entscheidung vom Leibe zu halten. Dennoch lässt sie das Mädchen nicht los. Die Anziehungskraft des Todes bildet schließlich sogar die Klammer der Geschichte, denn am Ende glückt das, was in Clelias Ankunftsnacht schiefgegangen war. Das Mädchen, das Rosetta heißt, vergiftet sich erneut und kommt um. Dazwischen erzählt Pavese von Clelias neuem Turiner Leben: Sie beaufsichtigt die Bauarbeiten in den Ladenräumen in der Via Po, schließt Freundschaft mit mehreren Damen der besseren Gesellschaft, unter denen auch das »geistreiche Frätzchen« Rosetta ist, inspiziert mit einer Mischung aus Widerwillen und Faszination die ärmlichen Gassen ihrer Kindheit, widersetzt sich den Avancen verschiedener Herren, gestattet sich eine Liebesnacht mit dem Vorarbeiter Becuccio, macht ein paar Ausflüge in die Berge und nimmt in den ersten Frühlingstagen ihre Chefin, genannt Madame, in Empfang.

Man kann die Handlung des dicht komponierten Kurzromans mit wenigen Worten umreißen. Paveses ästhetische Revolution ist für einen deutschen Leser allerdings kaum mehr zu ermessen. Für Italien ist der piemontesische Schriftsteller der »Entdecker Amerikas«. Die Initialzündung ging von Walt Whitmans Gedichten aus, auf die Pavese als Student der Literaturwissenschaften an der Turiner Universität stieß. Sofort wurde die amerikanische Literatur zu seiner Obsession. Amerika, das war eine elektrisierende Antithese zum faschistischen Italien. Weite, Freiheit, epische Kraft, die Erfahrung des Individuellen in bestimmten sozialen und historischen Zusammenhängen, ein modernes Formenrepertoire, eine frische, wirklichkeitsnahe Sprache, kurzum »eine riesige Bühne, auf der unser aller Drama mit größerer Offenheit aufgeführt wurde als anderswo, eine riesige Leinwand«, wie Pavese es später beschrieb. Er übersetzte die großen Erzähler von Melville über Faulkner, Daniel Defoe und Steinbeck bis zu Dos Passos und Sherwood Anderson, machte sie durch Essays bekannt und versetzte der italienischen Literatur einen Vitalitätsschub, der ungeheuerlich war. Die Entdeckung der berühmten *Spoon River*-Anthologie von Edgar Lee Masters, mit sechs Millionen verkauften Exemplaren bis heute einer der erfolgreichsten Lyrikbände der italienischen Verlagsgeschichte, ging auf Paveses Konto. Thematisch und formal schlug sich der faszinierende neue Horizont auch auf sein eigenes Schreiben nieder. Das ländliche Piemont wurde Paveses *middle west*. Und er begann, mit der gesprochenen Sprache zu arbeiten, was einer Revolution gleichkam, denn die italienische Literatursprache changierte zwischen kunstgewerblichem Akademismus und schwulstigem Barock. Paveses Figuren drücken sich so aus, wie es den alltäglichen kommunikativen Gepflogenheiten entsprach. In seinen Romanen taucht Slang auf, er spielt mit Soziolekten und syntaktischen Fügungen aus dem piemontesischen Dialekt. Ein Befreiungsschlag.

Umso anachronistischer wirkte die bisher vorliegende Übersetzung der *Einsamen Frauen*. Die Übertragung von Catharina Gelpke, 1960 im Claassen Verlag erschienen, war dem Geist der fünfziger Jahre verhaftet. Gelpke glättete und verwässerte Paveses Sprache. Die Dialoge haben etwas Steifes, sexuelle Anspielungen werden mitunter verschämt übertüncht. Nutten sind bei ihr »Lebemädchen«, »es machen« heißt bei Gelpke »mitmachen«, und sie spricht von »Grillen«, wenn jemand launisch ist. Maja Pflug entschlackt die Sprache und ist viel präziser. Die wörtliche Rede gewinnt an Direktheit und Prägnanz, und sie gibt Paveses Roman seine kristalline Schärfe zurück.

Der Blick für bestimmte Milieus und sein Verhältnis zur Sprache führte dazu, dass Pavese mit dem Neorealismus in Zusammenhang gebracht wurde. In Italien wandte man den Begriff des *neorealismo*, der in Anlehnung an die *Neue Sachlichkeit* entstand, zuerst auf eine Reihe von Filmen an: Arbeiten von Visconti, De Sica und Rossellini. Auch in der Literatur zeichnete sich zwischen Anfang der dreißiger und Mitte der fünfziger Jahre eine vergleichbare Strömung ab. Werke von Vittorini, Silone, Alvaro, Carlo Levi und Zeugnisse der *stampa clandestina*, im Untergrund publizierte Geschichten über den Partisanenkampf, gelten als neorealistisch. In der Tat weist auch Pavese einige Kennzeichen des Neorealismus auf: die Gestik der Unmittelbarkeit, Figuren, die sich selbst erzählen, zahlreiche Dialoge, den Gebrauch der mündlichen Sprache. Doch anders als in den typischen Romanen jener Strömung fehlt es bei Pavese an einer eindeutigen politischen Botschaft. Einzig und allein sein Buch *Der Genosse* (1947), das in seinem Schematismus heute eher hölzern wirkt, lässt sich als ein neorealistischer Roman bezeichnen. Denn hier erlöst das politische Engagement den Protagonisten von seinem liederlichen Leben in Turin und seiner fatalen »voglia di niente«, der »Lust auf gar nichts«; er wird zu einem neuen Menschen, zum klassenbewussten *homo politicus* und geht in den Widerstand. So eindeutig wie in *Der Genosse* ist Pavese selten; meistens unterläuft er allzu gefestigte Überzeugungen. Das trifft auch auf seine Turiner Trilogie zu. Im ersten Band *Der schöne Sommer* von 1940 erlebt die Näherin Ginia eine harsche Desillusionierung; ihre nur oberflächlich erwiderte Liebe zu dem Maler Guido führt dazu, dass sie sich erniedrigt und schließlich selbst verachtet. Aber auf eine veritable Lebenskrise hat sie keine Lust. Auch der zweite Teil *Der Teufel auf den Hügeln*, erschienen 1948, kreist um das Motiv der Unlust, sich existenziellen Fragen zu stellen. Die inneren Lähmungen lassen sich am leichtesten mit einem frenetischen Trink- und Feierrhythmus überdecken. Dennoch sind Paveses Figuren immer wieder von einer unbestimmten Sehnsucht getrieben. Sie sind Suchende. Oft bietet die Natur ein Reservoir archaischer Kräfte, aber in *Der Teufel auf den Hügeln* ist auch dieser Bereich kontaminiert. In *Die einsamen Frauen* scheinen sämtliche Beziehungen einer festgelegten Mechanik zu folgen. Aber sowohl Rosetta als auch Clelia brechen aus den vorbestimmten Mustern aus. Bei beiden wird etwas Instinkthaftes spürbar; Clelia besitzt einen unbeugsamen Überlebenswillen, bei Rosetta dominiert der Todestrieb.

Es waren die USA und die amerikanischen Romanciers, die Pavese dazu inspirieren, im Piemont und in Turin nach Erzählstoffen zu suchen. Selbstbewusst verkündete er mit gerade dreiundzwanzig Jahren sein literarisches Programm. Pavese proklamierte eine Entdeckung der Landschaften, denn nur hier, den amerikanischen Steppen vergleichbar, gebe es Spuren eines Urzustandes, aus dem sich etwas Eigenes entwickeln könne: »Für das junge Amerika gilt wie für das alte Europa die Wahrheit, dass von nichts nichts kommt – und dass besonders in der Dichtung nichts Bemerkenswertes entstehen kann, wenn es nicht vom Geist einer autochthonen Kultur geprägt ist«, schrieb er 1933 in einem Aufsatz über John Dos Passos. Dies sei die Voraussetzung für Geschichten über die zeitgenössischen Bedingungen des Individuums. Lebendige Wirklichkeit, so wie bei Melville, Sinclair Lewis, Sherwood Anderson und Hemingway, in einer »Sprache, die den Dingen so identisch ist, dass sie jede Schranke zwischen dem gewöhnlichen Leser und der schwindelerregenden symbolischen und mythischen Wirklichkeit aufhebt«.

Der wenig später aufkommende französische Existenzialismus war für Pavese nicht entscheidend. Zwar strahlen seine Figuren eine innere Gleichgültigkeit und einen existenzialistisch anmutenden Lebensekel aus, und in Clelias lakonische Redweise scheint auf den ersten Blick etwas von Mersaults protokollarisch dargebotenen Erfahrungen aus Camus' *Der Fremde* (1942) mitzuschwingen. Es sind aber kaum mehr als Parallelen an der Textoberfläche. In den Tiefenschichten rumort bei Pavese etwas anderes, etwas, das er mit dem Begriff des Mythos zu umreißen versucht. In seinen theoretischen Darlegungen in *Feria d'agosto* (1946), *La selva* (1946), *Poesia e libertà* (1949) und *La poetica del destino* (1950) ist Giambattista Vico sein Gewährsmann, Lektüren von Nietzsche, Ernst Cassirer, Bergeret und Lévy-Bruhl fließen mit ein, und nicht zuletzt bildet Leopardi einen wesentlichen Bezugspunkt. Pavese skizziert eine (unvollständige) Poetik des Mythos. Der Mythos ist für ihn ein »ekstatisches, embryonales Bild, das man im Innern trägt«, und zugleich der Keim der Dichtung. »Ein Mythos ist immer symbolisch (…) und schließt in sich ein Leben ein, das je nach Nährboden oder Säften plötzlich die verschiedensten und mannigfaltigsten Blüten treiben kann.« Der Dichter muss mit seinem Logos ordnend einschreiten, aber diese Fähigkeit ist untrennbar verbunden mit dem »Quell« des Irrationalen. »Erzählen bedeutet, aus der Mannigfaltigkeit des Realen einen bedeutungsvollen Rhythmus, eine unaufgelöste Chiffre des Mysteriums, das Verführerische, eine Wahrheit herauszuhören, die sich ständig offenbaren will und uns doch ständig entflieht.« Riskant werden Paveses begrifflich mitunter diffusen Gedankenfiguren in dem Moment, in dem vom »Schicksal« die Rede ist, denn darin erkennt er die »wahre Mythizität des Lebens« – eine Idealisierung irrationaler Anteile des Menschen deutet sich an. Die Teilhabe an der Sphäre des Mythischen, dem er sich durch seine eigene ländliche Herkunft aus den Hügeln der Langhe verwachsen fühlt, ist ein Leitmotiv seiner literarischen Werke. Von *Unter Bauern* (1941) bis zu seinem Lieblingsbuch *Gespräche mit Leuko* (1947) und dem unmittelbar vor seinem Freitod verfassten Roman *Junger Mond* (1950) wird dieser Bereich immer wieder beschworen, häufig birgt er sogar ein utopisches Element. Es ist nicht weiter verwunderlich, dass Pavese ausgerechnet in den Frauen die vollkommene Verkörperung archaischer Wildnis sieht.

Primärer Ausdruck des Archaischen ist die Sexualität; für Pavese ein hoch aufgeladenes Terrain. Gerade in der Intimität scheinen sich die Verletzungen des modernen Menschen besonders markant abzuzeichnen. In den Romanen mag ihm eine ästhetische Überformung noch gelingen, in seinem Tagebuch *Das Handwerk des Lebens* (1952) und den Briefen benennt er schonungslos seine Qualen, die schließlich dazu führen, dass er knapp zehn Monate nach der Veröffentlichung von *Die einsamen Frauen* denselben Weg wie Rosetta wählt und sich umbringt. Am 23. Dezember 1937 heißt es in seinem Tagebuch: »Dieses Gefühl, dass sich das Herz herauslöst und in die Tiefe stürzt, dieser Schwindel, der mir die Brust zerreißt und vernichtet, nicht einmal bei der Enttäuschung im April hatte ich es gespürt. Weder Enttäuschung noch Eifersucht haben mir je diesen Schwindel des Blutes bereitet. Es bedurfte der Impotenz, der Überzeugung, dass keine Frau mit mir Lust empfinden wird (wir sind, was wir sind), und schon kommt diese Angst hoch. Wenigstens kann ich leiden, ohne mich zu schämen: Meine Qualen sind nicht mehr die der Liebe. Aber dies ist wirklich der Schmerz, der jede Energie totschlägt: Wenn man nicht Mann ist, wenn man keine Macht über sein Glied besitzt, wenn man unter Frauen umhergehen muss, ohne Anspruch erheben zu können, wie kann man da die Kraft aufbringen und standhalten? Gibt es einen Selbstmord, der besser gerechtfertig wäre?« Zwei Tage später hält er lakonisch fest: »Wenn das Ficken nicht das Wichtigste im Leben wäre, würde nicht schon die Genesis damit anfangen.« Der Zustand seiner Figuren, ihre emotionale Taubheit, die lähmende Langeweile und die »Lust auf nichts« drücken also nicht nur eine Zeitstimmung aus, sondern entsprechen Paveses Selbstgefühl. Dass ihn atavistische Kräfte so sehr faszinieren, mag mit seinen sexuellen Unzulänglichkeiten zusammenhängen – er fühlt sich von einer vitalen Strömung buchstäblich abgeschnitten.

In den *Einsamen Frauen* ist es nur Becuccio, Clelias Liebhaber, der noch einen gesunden Instinkt zu besitzen scheint. Im Unterschied zu dem ironisch-dekadenten Aristokraten Morelli, einem Verehrer Clelias, und dem schlitzohrigen Architekten Febo, einem kleinbürgerlichen Aufsteiger ohne jeden Skrupel, strahlt er als Einziger eine positive Männlichkeit aus. Becuccio ist den Dorfbewohnern aus anderen Pavese-Romanen eng verwandt, er erinnert an den geerdeten Nuto aus *Junger Mond*, besitzt einen proletarischen Stolz und ist ungebrochen in seinem Dasein verankert, was ihn für Clelia so anziehend macht. Es ist typisch für Pavese, dass ausschließlich der Handwerker Becuccio lebendige Sinnlichkeit ausstrahlt – Intellektualität ist immer ein Störfaktor. Clelias früh verstorbener Vater ist kaum mehr als ein Schemen, und von Rosettas Vater geht eine dumpfe Bedrohlichkeit aus. Paveses Misogynie, von der die noch nicht auf Deutsch vorliegende erweiterte Fassung seines Tagebuchs (*Il mestiere di vivere*, Einaudi 1990) mittlerweile beredtes Zeugnis ablegt, kommt in einer Szene zum Ausdruck, in der der unangenehme Febo die widerspenstige Clelia ohne deren Einverständnis sexuell beglückt, was sie achselzuckend in Kauf nimmt: »Dann fiel er wie der Teufel über mich her und riss die Decken weg. Er bewegte sich nur wenig, und es war gleich vorbei. Momina war noch nicht zurück, da stand Febo schon neben dem Bett, mit gesträubten Haaren, wie ein Hund, und rieb sich den Kopf. ›Lassen Sie uns jetzt schlafen?‹, brummte ich.« Die Gleichgültigkeit passt nicht zu dem Stolz, mit dem Clelia ihren Verehrer Morelli zurückweist und das Abenteuer mit Becuccio inszeniert.

Clelia, durch die Ich-Perspektive zugleich die Vermittlerin der Geschehnisse, ist indirekt auch die Zensorin, verräterisch in allem, was sie äußert und nicht äußert. Ihr Charakter erschließt sich in einer von Pavese bestechend genau inszenierten Abstufung verschiedener Räume und Häuser, die eine ganze soziale Skala umfassen. Das Hotel markiert einen neutralen Bereich des Übergangs. Es folgen die prächtigen Salons, Ballsäle, Cafés, Tanzlokale, ein schäbiger Laden aus Clelias Kindheit, ein mondänes Kasino in den Bergen, eine Villa am Meer, schließlich Kutscherkneipen und billige Gasthäuser. Immer sind es die Etablissements der einfachen Leute, von denen sich Clelias gelangweilte Freunde Vitalitätszufuhr erhoffen – hier schlägt Paveses Idealisierung gesellschaftlicher Schichten durch, die ihm unentfremdeter zu sein schienen. Anders als Clelia und Becuccio, denen diese Welt vertraut ist, bleiben die Turiner Aristokraten Voyeure und können innerlich nicht teilhaben. Clelia und Becuccio erleben einen Moment der Wahrhaftigkeit weit weg von den überkandidelten Salons an einem Ort außerhalb der Stadt. Dass Clelia die Ausstattung des Modegeschäftes selbst übernimmt, zugleich im Hotel wohnt und nicht, wie ihre Freundinnen, zwischen lauter ererbten Möbeln, Wandteppichen und Porzellan ihrer Vorfahren haust, unterstreicht ihre Autonomie. Darin besteht der Unterschied zu der lebensmüden Rosetta. Sie erstickt in den behüteten Zimmern ihres Elternhauses und flieht – in ein Hotelzimmer. Aber im Hotel misslingt der Selbstmord. Ausführen kann Rosetta ihren Plan erst, als sie sich heimlich ein Maleratelier anmietet. Der brutale Akt der Selbsttötung ließe sich als eine letzte verzweifelte Behauptung ihrer Eigenständigkeit deuten.

Großartig ist Pavese in der starken Ambivalenz, mit der er seine Frauenfiguren ausstattet, allen voran Momina. Momina, eine schöne, schillernde Frau mit einem stilvollen Schlag ins Verruchte, ist kinderlos und mit einem wohlhabenden Adligen aus der Toskana verheiratet, den sie auf seinen Ländereien zurückgelassen hat. Sie ist Rosettas beste Freundin, und auch Clelia gerät in ihren Bannkreis. Momina hat etwas Beherrschendes, aber die kurze lesbische Liebesgeschichte mit ihr ist nicht der Grund für Rosettas Lebenskrise. Dahinter verbirgt sich etwas anderes, ein dunkler Glutkern, der nicht benannt werden kann. Wie der Dämmer unter den Bogengängen. Er steht für jene Leerstelle, von der auch Clelia affiziert ist. Dass Clelia noch heute wie eine zeitgenössische Figur wirkt, liegt in ihrer mühsam unterdrückten Ambivalenz verborgen. Sie äußert sich in ihrer Haltung Momina gegenüber, die zwischen (auch erotischer) Anziehung und Verachtung changiert, und darin, dass sie Rosetta abwechselnd mit Unduldsamkeit und mitfühlendem Verständnis begegnet. Und nicht zuletzt in ihrem Verhältnis zu Männern.

Cesare Pavese war nicht nur Schriftsteller, sondern auch Lektor beim Turiner Verlag Einaudi und seit den vierziger Jahren eine Schlüsselgestalt der italienischen Literaturszene. Nach dem Krieg gewann er den jüngeren Kollegen Italo Calvino als Mitarbeiter für den Verlag, der durch seinen Erstling *Wo Spinnen ihre Nester bauen* (1946) von sich reden gemacht hatte und bald ein enger Freund wird. 1949 drückte er dem damals Sechsundzwanzigjährigen sein Manuskript von *Die einsamen Frauen* in die Hand, und Calvino reagierte mit jenem harschen Urteil, das in dem abgedruckten Brief nachzulesen ist. Der frotzelnde Tonfall war unter den Einaudi-Genossen gang und gäbe, schließlich schoss Pavese genauso scharf zurück. In dem Vortrag *Das Rückenmark des Löwen*, den

Calvino fünf Jahre nach Paveses Tod 1955 hielt, verschiebt sich die Bewertung. Den Hintergrund bildet die Fragestellung nach den Möglichkeiten der Literatur, auf die Historie einzuwirken – im Umfeld von Einaudi, wo man verlegerische Arbeit aus dem Geist der Kritik heraus verstand und von der gesellschaftlichen Relevanz der Literatur überzeugt war, kein überraschendes Anliegen. Calvino lässt die Helden der jüngeren italienischen Literatur Revue passieren, die ihm allesamt Zeugnisse für die schwierigen Beziehungen zwischen den Intellektuellen und der Wirklichkeit zu sein scheinen; in seinen Augen ein Beleg für das Scheitern der Integration der Intellektuellen in die Gesellschaft. Einzig und allein weibliche Figuren legten moralische Widerstandskraft an den Tag und besäßen Kraft zum Handeln. Allen voran Paveses Clelia: »Eine arbeitende Frau, selbstständig, bitter, kundig, neugierig und mitleidig den Mängeln und Werten der Gesellschaft gegenüber, von der sie umgeben ist, aber innerlich gepanzert, so wie die Menschen, die im Alleingang etwas aus sich gemacht haben, die Chefin, die in Becuccio einen Mann erkennt, der etwas wert ist und den sie einmal zum Abendessen und dann ins Bett mitnimmt, weil sie weiß, dass eine ehrliche und einfache Beziehung dieser Art das Einzige ist, was man haben kann, ohne am Ende alles zu zerstören. Dieser Clelia, die kalt und egoistisch erscheinen mag, liegt das Schicksal von Rosetta am Herzen, ihre Jugend und Reinheit in einer Welt, in der alles vergiftet und zerstört ist. Pavese, der wegen seiner Neigung zur Selbstverstümmelung immer nur sehr flüchtige und widersprüchliche Bildnisse von sich entwerfen konnte (bis zu den grausamen Seiten in seinem Tagebuch), hat keine andere so vollständig autobiographische Figur (Clelia, *c'est moi!*) geschaffen, keine, die so positiv und so pavesianisch wäre wie diese Frau. Allein durch diese Figur hat uns Pavese das wesentliche Element seines Lebens vermittelt: Arbeit, seine ungeheure, dickschädelige, verschlingende Liebe zur Arbeit (die andere Seite des Tagebuchs), den entrüsteten Stolz eines unermüdlichen Arbeiters.« Für Calvino ist Clelia eine durch und durch positive Figur, ein tätiger, arbeitender Mensch, ein Aspekt, den sie mit Pavese teile. In seinem Aufsatz *Pavese: Sein und Tun* von 1960 spitzt Calvino sein Urteil noch zu und bezeichnet Pavese als einen Vertreter einer Moral des Tuns, die er in Clelia verkörpert sieht. Auch Pavese, so Calvino weiter, sei ein handelnder Mensch gewesen: im Schreiben, im Lektorieren, systematisch, zuverlässig, und in diesen Tätigkeiten habe er – ein nur prekäres – Glück gefunden. In der ethischen Annäherungsweise an die Literatur fühlte sich Calvino dem Freund tief verwandt.

Calvinos Überlegungen zu Pavese sind unter mehreren Gesichtspunkten aufschlussreich. In einem hat er sicherlich Recht: In Clelia steckt viel von ihrem Erfinder selbst. Die Figur lässt sich als Ausdruck eines idealen Selbstbildes deuten, dem Pavese nie ganz entsprechen konnte. Cesare Pavese, 1908 in Santo Stefano Belbo in den Langhe geboren, wuchs in Turin auf und kam von Anfang an mit den großen liberalen und antifaschistischen Traditionen der Stadt in Berührung. Er besuchte das humanistische Gymnasium Massimo D'Azeglio, lernte Giulio Einaudi und Leone Ginzburg kennen und trat schließlich in den 1933 von seinen Freunden gegründeten Verlag ein. Natalia Ginzburg, ebenfalls Lektorin und die Ehefrau des von den Faschisten zu Tode gefolterten Leone, erinnert sich in ihrem Roman *Familienlexikon* (1963) an die Pionierzeit: »Leone begann mit einem befreundeten Verleger zusammenzuarbeiten. Am Anfang arbeiteten nur er, der Verleger, ein Lagerarbeiter und eine Stenotypistin, die Fräulein Coppa hieß. Der Verleger war jung, rosig, schüchtern und errötete häufig. Wenn er jedoch die Stenotypistin rief, donnerte er laut: Coppaaa! Sie versuchten, Pavese zu überreden, mit ihnen zu arbeiten. Pavese war widerspenstig. Er sagte: Ich pfeife darauf! Er sagte: Ich brauche kein Monatsgehalt. Ich muss niemanden unterstützen. Mir genügt ein Teller Suppe und Tabak. Er hatte eine Stellvertretung in einem Gymnasium. Er verdiente wenig, aber es genügte ihm. Er machte auch Übersetzungen aus dem Englischen. Er hatte *Moby Dick* übersetzt. Er hatte ihn, sagte er, zu seinem reinen Vergnügen übersetzt; er hatte dafür wohl Geld erhalten, er hätte es aber auch für nichts gemacht, ja mehr noch: Er hätte dafür Geld gegeben, ihn übersetzen zu dürfen. Er schrieb Gedichte. Seine Gedichte hatten einen langsamen, schleppenden, trägen Rhythmus, eine Art bittere Kantilene. Die Welt seiner Lyrik war Turin, der Po, die Hügel, der Nebel und die Wirtshäuser am Stadtrand. Schließlich ließ er sich überzeugen und begann, mit Leone in dem kleinen Verlag zu arbeiten. Er wurde ein pünktlicher und peinlich genauer Angestellter und murrte über die andern beiden, die am Morgen spät kamen, dann aber oft erst um drei Uhr zum Mittagessen gingen. Er predigte eine andere Zeiteinteilung: Er kam früh und ging Punkt eins weg: denn die Schwester, bei der er lebte, stellte ein Viertel nach eins die Suppe auf den Tisch.«

So frei, ungebunden und unideologisch Pavese in seiner Intellektualität war, so unfrei war er in privaten Beziehungen. Er verharrte bewusst in Abhängigkeiten und Zwängen und bezog nie eine eigene Wohnung. In der Via Lamarmora 35 ließ er sich von seiner Schwester, bei deren Familie er ein kleines Zimmer bewohnte, die Wäsche machen und das Essen zubereiten. Nicht nur Clelia, wie Calvino beinahe hagiographisch betont, auch Rosetta mit ihrer Lebensangst wird zur Projektionsfläche seiner inneren Nöte. Paveses Frauenbeziehungen sind eine einzige Kette von Enttäuschungen, die mit jedem neuen Versuch dramatischer werden. Den Auftakt bildete Tina Pizzardi, eine überzeugte Kommunistin, um deretwillen er 1935 ein Jahr Verbannung nach Kalabrien auf sich nahm – er hatte als Deckadresse gedient, war aufgeflogen und gab ihren Namen nicht preis. Sie war Paveses »Frau mit der rauen Stimme«, Objekt der Sehnsucht in seinen Gedichten in *Arbeiten ermüdet*: »Geifer des heißen Windes/ Schatten der Hundstage –/ Alles verschließt du in dir./ Du bist die heisere Stimme/ der Felder, ein Schrei/ der verborgenen Wachtel,/ die Wärme des Steines./ Die Felder sind Mühsal,/ die Felder sind Schmerz./ Wenn es Nacht wird, verstummt die Arbeit des Landmanns./ Du bist die große Mühsal/ und die Nacht, welche sättigt.« Es folgt eine ganze Serie von Kürzestbeziehungen und Flirts, die mehr in der Phantasie existieren als in der Wirklichkeit. Am 27. September 1937 hält Pavese fest: »Der Grund, warum die Frauen immer ›bitter wie der Tod‹ gewesen sind, Lasterhöhlen, perfide, wie Dalila etc., ist eigentlich nur dieser: Der Mann ejakuliert immer – wenn er kein Eunuch ist –, bei jeder Frau, während sie nur selten die befreiende Lust erreichen und nicht mit allen und oft nicht mit dem Angebeteten – eben weil er angebetet wird –, und wenn sie sie einmal erreichen, träumen sie von nichts anderem mehr. Aus der – berechtigten – Begierde nach jener Lust heraus sind sie bereit, jeden Frevel zu begehen. *Sind gezwungen,* ihn zu begehen. Das ist die fundamentale Tragik des Lebens, und für jenen Mann, der zu rasch ejakuliert, wäre es besser, er wäre nie geboren. Es ist ein Gebrechen, für das die Mühe lohnt, sich zu töten.« Sexuelle Hingabe – einerseits tief ersehnt, andererseits als permanente Bedrohung empfunden. Paveses Äußerungen zu den Erscheinungsformen seiner Störung sind uneindeutig. Eindeutig ist seine Scham, die auch in der Wut auf weibliches Begehren zum Ausdruck kommt. Er fühlte sich den Frauen und damit dem Leben nicht gewachsen. Ein angstfreier Umgang mit Lust rückte von Jahr zu Jahr ferner. Seine Einsamkeit nahm zu.

Eine Gegenwelt zu seinem Elend bildete nur der Verlag. Anfang der vierziger Jahre durchlebte Pavese eine jener tätigen Phasen, wie Calvino sie beschreibt, geht sogar aus Turin fort und eröffnet, gewissermaßen in Umkehr zu Clelia, eine Zweigstelle des Verlages in Rom. Als Badoglio 1943 mit den Alliierten Waffenstillstand schloss, entschieden sich viele seiner Freunde für den aktiven Widerstand. Pavese zog sich aufs Land zurück, unterrichtete unter falschem Namen an einer Klosterschule, schrieb Gedichte. Den politischen Aktionen der Partisanen stand er skeptisch bis hämisch gegenüber, wie ein 1990 von dem Feuilleton-Chef der Zeitung *La Stampa* Lorenzo Mondo veröffentlichtes Notizheft zeigt. Der Eintritt in die Kommunistische Partei 1945 und die Niederschrift des ideologisch klar verorteten Romans *Der Genosse* waren vielleicht auch ein Akt der Kompensation. Er beneidete Giame Pintor und Calvino um ihre Erfahrungen in der *resistenza*, aber sein Kommunismus ist eher ein Oberflächenphänomen. Das Politische lag ihm fern, mit einer Erziehung des »Volkes« wollte er nichts zu tun haben, aber in seinem Gespür für neue Tendenzen im Bereich der Wissenschaft und Literatur war er unübertrefflich. Es war Pavese, der gemeinsam mit Einaudi dem Verlag ein Profil gab. Nach 1945 wurde Einaudi endgültig zu einer Lebensform. Die Mitarbeiter bildeten ein Kollektiv und waren überzeugt von der Veränderbarkeit Italiens. Buchreihen sollten die Umbrüche begleiten, man wollte Debatten anregen; ein freieres Land mit laizistischen Werten, das erhoffte man sich. Mit der Veröffentlichung von Proust, Hemingway, Carlo Levi, Primo Levi, Bassani, Morante und Bulgakov bis hin zu Benjamin, Adorno, C. G. Jung, Gombrich, Panofsky, Levi Strauss, Roland Barthes und der Herausgabe bahnbrechender Enzyklopädien schrieb das Haus jahrzehntelang Kulturgeschichte. Den Grundstein dafür legte Cesare Pavese.

Eine Tagebuchnotiz vom 19. Januar 1949 zeugt von Paveses Arbeitslust. »Rezension von Cecchi, Rezension von De Robertis, Rezension von Cajumi. Du bist von den großen Zeremonienmeistern abgesegnet. Sie sagen dir: du bist vierzig, und du hast es geschafft, du bist der Beste deiner Generation, du wirst in die Geschichte eingehen, du bist eigenwillig und authentisch … Hast du dir das mit zwanzig nicht erträumt? Na und? Ich werde nicht sagen: ›Ist das jetzt alles?‹ Ich wusste, was ich wollte, und ich weiß, was es wert ist, jetzt, da ich es habe. Ich wollte nicht nur das. Ich wollte weitermachen, darüber hinausgehen, noch eine Generation schlucken, dauerhaft werden wie ein Hügel. Also keine Enttäuschung. Nur eine Bestätigung. Ab morgen (stets die nötigste Gesundheit vorausgesetzt) wird unbeirrbar weitergemacht.« Eine Weile lang klappte das, und den entschiedenen Tonfall verlagert Pavese dann in den inneren Monolog seiner Heldin Clelia. Mit der Arbeit an den *Einsamen Frauen* nahm sein Selbstbewusstsein noch zu. Am 17. April 1949 hält er fest: »Heute entdeckt, dass *Tra donne sole* ein großer Roman ist. Dass die Erfahrung des Sturzes in die künstliche und tragische Welt der *haute* breit und stimmig ist und sich mit den *wistful* Erinnerungen von Clelia verbindet. Ausgezogen auf der Suche nach einer kindlichen (*wistful*) Welt, die es nicht mehr gibt, findet sie die groteske und banale Tragödie dieser Frauen, dieses Turin, dieser verwirklichten Träume. Entdeckung ihrer selbst, der Eitelkeit ihrer gewohnten Welt. Die als Schicksal bestehen bleibt (›Alles, was ich wollte, habe ich erreicht‹).« Auch diese Empfindung teilte Pavese: Mit dem letzten Band der Trilogie fühlte er sich auf der Höhe seiner literarischen Möglichkeiten, was sich ein paar Monate später durch die Auszeichnung mit dem renommierten Premio Strega bestätigen sollte. Zuvor, am 24. November 1949, feierte er im Verlag die Veröffentlichung der Trilogie: »Respektvolle Glückwünsche von den Kollegen. Position des Arrivierten. Dem jungen Calvino von der Höhe des Alters herab Ratschläge gegeben; ich habe mich entschuldigt, dass ich sehr gut arbeite: In deinem Alter war ich auch etwas hintendran und in einer Krise. Hat mir jemals einer so etwas gesagt, als ich fünfundzwanzig war? Nein, ich bin in einer wilderness groß geworden, ohne mich aufzuhängen, mit dem Stolz, in diesem Unbekannten mein Atoll vorzubereiten und eines Tages plötzlich herauszukommen und, wenn die anderen es merken würden, schon ganz groß zu sein. Es scheint, dass mir das gelingt. Das ist meine Kraft«.

Diese Kraft verflüchtigte sich; sein Selbstekel holte ihn ein. Dass Pavese ebenso tief mit Rosetta verwandt ist wie mit Clelia und die beiden sogar eine zwiegesichtige Doppelgestalt zu sein scheinen, übergeht Calvino, der posthum Paveses Schriften herausgeben wird, aus dem Tagebuch etliche Stellen tilgt und, nur allzu verständlich, das Andenken an den verehrten Mentor möglichst rein halten will. Die im Detail literarisch vorab imaginierte Selbsttötung hat etwas Gespenstisches. Paveses großer Erfolg als Schriftsteller schien ihm seine emotional-sexuelle Unfähigkeit noch deutlicher vor Augen zu führen. Im Sommer 1950 verläpperte sich erneut eine mehr phantasierte als tatsächlich bestandene Liebesbeziehung, dieses Mal zu der amerikanischen Schauspielerin Constance Dowling, mit der er im Frühjahr ein paar Tage in den Bergen verbracht hatte. Für sie schrieb er seine letzten Gedichte. Anders als versprochen kehrte die junge Frau nicht nach Europa zurück. Dass gleichzeitig die innenpolitische Dynamik der Nachkriegszeit allmählich erstarrte und sich ein Misslingen der gesellschaftlichen Umgestaltung Italiens abzeichnete, mag noch hinzugekommen sein; ausschlaggebend für Paveses Depression war es nicht.

Die Eintragungen in seinem Tagebuch werden von Tag zu Tag düsterer. Als ein Zappeln auf Treibsand bezeichnet Pavese seine Lage am 17. August 1950, ausgelöst durch Constance, deren Namen er nicht nennt. Er habe versucht, stoisch zu sein und seine Gebrechen zu ignorieren. »Es bleibt dabei, dass ich nun weiß, welches mein höchster Triumph ist – und zu diesem Triumph fehlt das Fleisch, fehlt das Blut, fehlt das Leben. Ich habe nichts mehr zu wünschen auf dieser Erde, außer jener Sache, die fünfzehn Jahre Scheitern nunmehr ausschließen. Das ist die Bilanz des nicht beendeten Jahres, das ich nicht beenden werde.« Und am 18. August: »Je bestimmter und genauer der Schmerz ist, umso mehr schlägt der Lebenstrieb um sich und fällt der Gedanke an Selbstmord. Es schien leicht, wenn ich daran dachte. Und doch haben kleine Frauen es getan. Man braucht Demut, nicht Stolz. All das ist ekelhaft. Nicht Worte. Eine Geste. Ich werde nicht mehr schreiben«, schließt er sein Tagebuch ab. Am 26. August kehrte Pavese vorzeitig vom Land nach Turin zurück, mietete sich in der menschenleeren Stadt ein Hotelzimmer, genau wie er es sich für Rosetta ausgemalt hatte, eine jener »kleinen Frauen«. Er wählte das Hotel Roma an der Piazza San Carlo Felice gegenüber vom Bahnhof Porta Nuova, nahm eine Überdosis Schlafmittel, legte eine Ausgabe seines Buches *Gespräche mit Leuko* auf den Nachttisch und schrieb hinein: »Ich verzeihe allen und bitte um Verzeihung. In Ordnung? Macht nicht zu viel Aufhebens darum.«

Für seine Freunde bei Einaudi ist Paveses Tod ein unvorstellbarer Schlag. Dass er diesen Schritt tun würde, hatte niemand erwartet. Dem Verlag schien ohne Pavese zunächst das Zentrum zu fehlen, der strukturierende Ruhepunkt. Aber sein Abschied ist auch eine Aufforderung. Am 15. September 1950 schreibt Calvino an den Journalisten Valentino Gerratana: »Mein Satz, ›er hat sich umgebracht, damit wir zu leben lernen‹, war vorschnell und nur so hingeworfen, war aber wohlbegründet. Zunächst hat er selbst wenige Tage vor seinem Tod im Gespräch mit Balbo über seine mögliche Absicht, ›den Verlag zu verlassen‹, gesagt, so würden wir ›lernen, uns selbst aus der Patsche zu helfen‹. Ersetze ›Verlag‹ durch ›Leben‹, und Du siehst, dass der Satz nicht nur eine auf unsere Arbeit begrenzte Bedeutung haben konnte.« Der Freundin Isa Bezzara hatte er einige Tage zuvor versucht, die Gründe für Paveses Freitod darzulegen. »Wie alle wirst Du fragen: Aber warum hat er sich umgebracht? Wer ihn kannte, war von der Nachricht entsetzt, aber nicht überrascht: Pavese trug diesen Selbstmord schon seit Kindertagen mit sich herum, in seiner Einsamkeit, seinen Verzweiflungskrisen, seinem Ungenügen am Leben, alles maskiert von dieser eigensinnigen und verschlossenen Art. Ich aber glaubte, er sei trotz alledem sehr hart und gepanzert, nach allen Seiten verschanzt; einer, an den man denken konnte, jedes Mal, wenn man verzweifelt war, um sich Mut zu machen: ›Pavese, der hält durch.‹ Doch er hat es nicht geschafft. Deswegen war sein Tod ein böser Schlag. Jetzt, da er am Höhepunkt seines literarischen Ruhmes stand (der Euphorie der letzten Monate traute ich überhaupt nicht), ist er in eine Depression verfallen, sein doch sehr robustes Nervensystem hat ihn nicht getragen und ist zusammengebrochen. Das ist alles, was wir verstehen können.«

Eines der zärtlichsten Porträts von Cesare Pavese stammt von Natalia Ginzburg, es heißt *Porträt eines Freundes*. Turin und Pavese, das sei eigentlich ein und dasselbe, die Stadt und der Freund ähnelten sich in ihrem Fleiß, der hartnäckigen Betriebsamkeit und der Fähigkeit zum träumerischen Müßiggang. »Er war manchmal sehr traurig; aber wir dachten, er werde von dieser Traurigkeit genesen, wenn er sich dazu entschließe, erwachsen zu werden: Denn seine Traurigkeit kam uns vor wie die eines Jungen, wie die wollüstige und unbestimmte Melancholie des Jungen, der die Erde noch nicht berührt hat und sich der trockenen und einsamen Welt seiner Träume bewegt. Manchmal besuchte er uns am Abend; er saß bleich mit seinem Schal um den Hals da und ringelte sich die Haare um die Finger oder zerknitterte ein Blatt Papier; den ganzen Abend sagte er kein einziges Wort, antwortete auf keine unserer Fragen. Schließlich nahm er unvermittelt seinen Mantel und ging weg. Wir fragten uns gedemütigt, ob unsere Gesellschaft ihn enttäuscht habe, ob er versucht habe, sich bei uns aufzuheitern, ohne dass ihm das gelang, oder ob er sich einfach vorgenommen habe, den Abend schweigsam unter einer Lampe zuzubringen, die nicht die seine war. Es war übrigens nie einfach, ein Gespräch mit ihm zu führen, selbst wenn er sich lustig gab; aber eine Begegnung mit ihm, auch wenn sie nur aus wenigen Worten bestand, konnte belebend und anregend sein wie keine andere. In seiner Gesellschaft wurden wir klüger; wir fühlten uns dazu getrieben, in unsere Worte das Beste und Ernsteste zu legen, das in uns war; wir warfen die Gemeinplätze, die ungenauen Gedanken, das Widersprüchliche von uns. (...) Er wählte, um zu sterben, irgendeinen Tag jenes glühend heißen Augusts, und er wählte dazu ein Hotelzimmer in der Nähe des Bahnhofs: Er wollte wie ein Fremder sterben in der Stadt, die ihm gehörte.«

Für Pavese blieb am Schluss nur noch diese Fremdheit. Er verkapselte sich in seinen Beschädigungen und sah keinen Ausweg. Auch das Bollwerk des schöpferischen Arbeitens half nicht mehr; er hatte alles geschrieben, was er schreiben wollte. Er ist einsamer als seine *Einsamen Frauen*. Die jungen Leute in dem Roman haben den Plan, ein Theaterstück aufzuführen, irgendein Drama der Jahrhundertwende, so als könne dies eine Teilhabe am echten Leben ersetzen. Clelia stört sich an dem Plan. Keiner habe je das Geld für Strümpfe und Abendessen verdienen müssen. Die Frauen stellten sich dem Leben nicht. Und anders als Clelia schafft es Pavese auch nicht, seine Isolation zu überwinden und am Leben teilzuhaben. Es sind die Frauen, denen Paveses letzte unstillbare Sehnsucht gehört. Oder, wie er es selbst für Constance Dowling ausdrückt:

»Für alle hat der Tod einen Blick.
Der Tod wird kommen und deine Augen haben.
Das wird sein wie das Ablegen eines Lasters,
wie wenn man ein totes Gesicht
wieder auftauchen sieht im Spiegel,
oder auf verschlossene Lippen horcht.
Wir werden stumm in den Abgrund steigen.«

Cesare Pavese, Das Handwerk des Lebens. Tagebuch 1935–50. Aus dem Italienischen von Maja Pflug. Claassen Verlag Düsseldorf 1988

Cesare Pavese, Der schöne Sommer. Aus dem Italienischen von Maja Pflug. Claassen Verlag Düsseldorf 1988

Cesare Pavese, Schriften zur Literatur. Aus dem Italienischen von Erna und Erwin Koppen. Claassen Verlag Hamburg 1967

Cesare Pavese, Hunger nach Einsamkeit. Sämtliche Gedichte. Aus dem Italienischen von Dagmar Leupold, Michael Krüger, Urs Oberlin, Lea Ritter-Santini und Christoph Meckel. Claassen Verlag Düsseldorf 1988

Italo Calvino, Ich bedauere, dass wir uns nicht kennen. Briefe 1941–1985. Aus dem Italienischen von Barbara Kleiner. Carl Hanser Verlag München 2007

Natalia Ginzburg, Familienlexikon. Aus dem Italienischen von Alice Vollenweider. Wagenbach Verlag Berlin 1993

Natalia Ginzburg, Die kleinen Tugenden. Aus dem Italienischen von Maja Pflug und Alice Vollenweider. Klaus Wagenbach Verlag Berlin 1989

Die Originalausgabe erschien 1949
unter dem Titel *Tra donne sole*
bei Giulio Einaudi Editore, Turin

Der Brief von Italo Calvino auf Seite 175 bis 178 wurde
von Barbara Kleiner aus dem Italienischen übertragen.
Er ist entnommen aus:
Italo Calvino, *Ich bedauere, daß wir uns nicht kennen*
Briefe 1941–1985.
Ausgewählt und kommentiert von Franziska Meier.
Carl Hanser Verlag München 2007.

claassen ist ein Verlag
der Ullstein Buchverlage GmbH

ISBN: 978-3-546-00438-1

© 1949 und 1998 Giulio Einaudi editore s.p.a., Turin
© der deutschsprachigen Ausgabe
2008 by Ullstein Buchverlage GmbH, Berlin
Alle Rechte vorbehalten
Gesetzt aus der Adobe Garamond
Satz: Leingärtner, Nabburg
Druck und Bindearbeiten: CPI Clausen & Bosse, Leck
Printed in Germany

# claassen

## Cesare Pavese
# Das Handwerk des Lebens
Tagebuch 1935-50

Aus dem Italienischen von Maja Pflug
464 Seiten / Gebunden mit Schutzumschlag
ISBN 978-3-546-00223-3

Mehr als fünfzehn Jahre lang hat Cesare Pavese seine Gedanken festgehalten – über das eigene Schreiben und über Leseeindrücke, aber auch über den Sinn des Lebens und der Literatur sowie über seine persönlichen Erlebnisse, seine Beziehung zu den Frauen, zur Liebe.

Eines der bedeutendsten Tagebücher des 20. Jahrhunderts ist so entstanden, das Einblick geben kann in die Arbeit und das Denken nicht nur des Autors, sondern auch des Menschen Cesare Pavese.

»Ein bescheidenes, ein lehrreiches, ein ehrliches Journal.«
*Walter Jens*